琦君散文

琦君 / 著

山西出版传媒集团　山西人民出版社

图书在版编目（CIP）数据

琦君散文 / 琦君著. — 太原：山西人民出版社，2022.6
 ISBN 978-7-203-12038-4

Ⅰ.①琦… Ⅱ.①琦… Ⅲ.①散文集—中国—当代 Ⅳ.①I267

中国版本图书馆CIP数据核字（2022）第079284号

琦君散文

著　　者：	琦　君
责任编辑：	郝文霞
复　　审：	刘小玲
终　　审：	贺　权
装帧设计：	宋双成

出 版 者：	山西出版传媒集团·山西人民出版社
地　　址：	太原市建设南路21号
邮　　编：	030012
发行营销：	0351-4922220　4955996　4956039　4922127（传真）
天猫官网：	https://sxrmcbs.tmall.com　电话：0351-4922159
E-mail：	sxskcb@163.com　发行部 sxskcb@126.com　总编室
网　　址：	www.sxskcb.com

经 销 者：	山西出版传媒集团·山西人民出版社
承 印 厂：	三河市天润建兴印务有限公司

开　　本：	710mm×1000mm　1/16
印　　张：	18
字　　数：	230千字
印　　数：	1—5000册
版　　次：	2022年6月　第1版
印　　次：	2022年6月　第1次印刷
书　　号：	ISBN 978-7-203-12038-4
定　　价：	36.00元

如有印装质量问题请与本社联系调换

第一辑　乡土之恋·故乡情

水是故乡甜　　　　　　002
春　酒　　　　　　　　007
故乡的婚礼　　　　　　011
粽子里的乡愁　　　　　016
故乡的农历新年　　　　020
月光饼　　　　　　　　023
看庙戏　　　　　　　　026
喜　宴　　　　　　　　029
桂花卤·桂花茶　　　　036
何时归看浙江潮　　　　040

第二辑　思念之人·亲友情

母亲的金手表　　　　　044
妈妈的手　　　　　　　048

母心似天空	053
爸爸教我们读诗	058
外　　公	061
一对金手镯	065
父亲的两位知己	074

第三辑　敦淳之交·师生情

万水千山师友情	080
启蒙师	089
两条辫子	097
一袭青衫	105
留予他年说梦痕	119
似海师恩	129
一生一代一双人	134
旧日情怀	138

第四辑　童年之忆·怀旧情

金盒子	144
桂花雨	150
幼儿的心愿	153
幼儿看戏	155

妈妈，我跌跤了！	157
关公借钱	160
儿时不再	163
妈妈罚我跪	166

第五辑　仁爱之心·慈悲情

永是有情人	172
放　生	175
再见，呆呆	184
失犬记	191
心中爱犬	195
雪中小猫	199
海豚回家	203
守着蚂蚁	206

第六辑　乡土之味·生活情

毽子里的铜钱	212
玉兰酥	215
口粮饼干	219
菜　干	222
细雨灯花落	225

腌咸菜	227
百补衣与富贵被	230
绣　花	234
方寸田园	239

第七辑　读写之乐·书卷情

读书琐忆	244
泪珠与珍珠	249
母亲的书	252
中年读书	257
字典的故事	260
自己的书房	263
云居书屋	268
读书记趣	274

 第一辑　乡土之恋·故乡情

水是故乡甜

此次经欧洲来美国，一路上喝得最多的是矿泉水。因为其他各种五颜六色的饮料，价钱既贵又不解渴。只有矿泉水，喝起来清清淡淡中略带苦涩，倒似乎别有滋味。欧洲人都喜欢喝矿泉水，据说对健康有益。尤其是意大利的矿泉水是出名的。看他们一个个红光满面，体魄壮健，是否矿泉水之功呢？

旅馆卧房小冰箱里，也摆有矿泉水，以便旅客随时取饮，价钱就不便宜了。我灵机一动，从行囊中取出钢精杯、锡兰红茶和一把电匙；插上电，将矿泉水倾入杯中煮开，冲一杯锡兰红茶来喝，香香热热的，可说是旅途中最悠闲舒适的享受了。

外子说矿泉水其实就是山泉，如果泡的是冻顶乌龙，那就更有味道了。我一向不懂得品茶，在旅途疲劳中，能有一杯自己现泡的热红茶，已觉如仙品般清香隽永了。

他啜着茶，就想起故乡四川的山泉来。那种山泉，随处都有，行路之人渴了就俯身双手从溪涧中捧起来喝个足，哪里像现在文明时代，一瓶瓶装起来卖钱呢！俗话说得好："人穷志不穷，家穷水不穷。"这话我最听得进。因为我故乡家中的水就有三种，河水、井水、山水。山水是长工每天清早去溪边一桶桶挑来，倾在大水池中备饮食之用。洗涤多用河水。母亲因为长工挑水辛苦，叫聪明灵巧的小帮工，用一根根长竹竿，连接起来，从最靠近屋子的山边，引来极细小的一缕清泉，从厨房窗外把竹竿伸入，滴在一只小缸中。这才是涓涓滴滴的源头活水，一天接不了多少。母亲只舀来做供佛的净水，然后泡茶给父亲喝。"喝这样清的山水，又是供过佛的，保佑你长生不老。"母亲总是这么说的。那时泡的茶叶，除了家乡的明前茶、雨前茶之外，还有从杭州带回的龙井。父亲品着茶，常常说："龙井茶，一定要虎跑水来泡才香、才地道。"母亲不以为然地说："是哪里生长的人，就该喝哪里的水。要知道，水是故乡的甜哟。"母亲还说："孩子们多喝点家乡的水，底子厚了，以后出门在外，才会承受得住异乡的水土。"

事实上，母亲也是爱喝虎跑水泡的龙井茶的。不过她居住杭州的时日不多，平时又很少外出，我们出去游玩，她常捧个大玻璃瓶给我说："舀点虎跑水回来。"我马上接一句："供佛后喝了长命百岁。"母亲高兴地笑了。

现在想起来，虎跑水才是真正的矿泉水。那时曾做过试验，装一碗满满的水，把铜元一个个慢慢丢进去，丢到十个铜元，碗口水面涨得圆鼓鼓的，水都不会溢出来。因为它含的矿物质多，比重很大。所以喝虎跑水一定是有益健康的。

父亲旅居杭州日久，非常喜欢喝虎跑水烹龙井茶，但喝着喝着，却又念念不忘故乡的明前茶、雨前茶和清冽的山泉。他也思念邻县雁荡山的茶、龙湫的水，真是"人情同于怀土兮，岂穷达而异心"。父亲晚年避乱返故乡，又得饮自己屋子后山直接引来的源头活水，原该是心满意足的，但他居魏阙而思江河，倒又怀念起杭州的龙井茶与虎跑水来。实在是因为当时第二故乡的杭州，正陷于日寇铁蹄下之故吧。

我们这回在欧洲，一路饮着异乡异土的矿泉水。行旅匆匆，连心情都变得麻木了。到了德国的不来梅，特地去探望数十年未晤面的亲戚。他兴奋地取出最上品的龙井茶款待我们，问他是台湾产品吗？他说是真正从杭州带出来的茶叶，是一位亲人离开大陆时带给他以慰他多年乡愁的。我本来不辨茶味，但那一盏龙井的清香，却是永远难忘。我们说起欧洲人喜欢喝矿泉水，他笑笑说，台湾阿里山、日月潭、苏澳的冷泉，不就是最好的天然矿泉水吗？

他这话，倒使我想起，早期台湾有一种小小玻璃瓶装的"弹子汽水"。瓶口有一粒弹珠，用力一压，弹珠落下去，汽水就喷出来。味道淡淡的，不像后来的汽水那么甜得不解渴。我因为爱

"弹子汽水"这个名称,以及开瓶时把弹珠一压的那点儿情趣,所以很喜欢买来喝,他常笑我犯幼稚病。后来时代进步了,黑松汽水和各种饮料充斥市面,哪还找得到"弹子汽水"的影儿呢?但我脑海中总时常盘旋着弹子汽水瓶那副短短脖子的笨拙样子。尤其是早年在苏澳游玩时,喝的那一瓶。

台湾这许多年来,制茶技术愈来愈精进,无论是清茶、香片、龙井等,都是名闻遐迩。尤其是南投溪头的冻顶乌龙,更是无与伦比。旅居海外多年的侨胞,总不忘各种自台湾带出的名茶,自饮之外,更以分飨友好。尽管用以沏茶的水不是从故乡来的,但只要是故乡的茶叶,喝起来也会有一股淡淡的甜味吧。

有一次我们在友人家,她细心地问我们要喝哪一种茶,香片、龙井、乌龙都有,她是什么茶都喜欢。我想了半天,却问她:"你有没有矿泉水?"她大笑说:"你怎么这么特别?大家都喝热茶,你要喝什么矿泉水。"我只好说因为胃酸过多,不相宜喝茶。其实我是想起了在欧洲时喝的矿泉水,多少还有点故乡山泉的味道,不知美国的矿泉水是不是差不多的。而且我也想试试自己,能不能像母亲当年说的,喝过本乡本土的水,有了深厚的底子,就能承受异国的水土了。

美国人爱喝各种果汁,大概是减肥或特别注意健康的人才喝矿泉水吧。但不知超级市场那样大瓶大瓶的矿泉水,究竟是人工的还是天然的。如果是天然的，却又取自何处深山溪涧呢？实在令人怀疑。

说实在的，即使是真正的天然矿泉水，饮啜起来，在感觉上、在心情上比起大陆故乡的水，和安居了三十多年第二故乡台湾的水，能一样清冽甘美吗？

春 酒

农村时代的新年是非常长的，过了元宵灯节，年景尚未完全落幕。还有个家家邀饮春酒的节目，再度引起高潮。在我的感觉里，其气氛之热闹，有时还超过初一至初五那五天新年呢。原因是：新年时，注重迎神拜佛，小孩子们玩儿不许在大厅上、厨房里，生怕撞来撞去，碰碎碗盏。尤其我是女孩子，蒸糕时，脚都不许搁在灶孔边，吃东西不许随便抓，因为许多都是要先供佛与祖先的。说话尤其要小心，要多讨吉利，因此觉得很受拘束。过了元宵，大人们觉得我们都乖乖的，没闯什么祸，佛堂与神位前的供品换下来的堆得满满一大缸，都分给我们撒开地吃了。尤其是家家户户轮流地邀喝春酒，我是母亲的代表，总是一马当先，不请自到，肚子吃得鼓鼓的，跟蜜蜂似的，手里还捧一大包回家。

可是说实在的，我家吃的东西多，连北平寄来的金丝蜜枣、巧克力糖都吃过，对于花生、桂圆、松糖等等，已经不稀罕了。那么我最喜欢的是什么呢？乃是母亲在冬至那天就泡的八宝酒，到了喝春酒时，就开出来请大家尝尝，"补气、健脾、明目的哟！"母亲总是得意地说。她又转向我说："但是你呀，就只能舔一指甲缝，小孩子喝多了会流鼻血，太补了。"其实我没等她说完，早已偷偷把手指头伸在杯子里好几回，已经不知舔了多少个指甲缝的八宝酒了。

八宝酒，顾名思义是八样东西泡的酒，那就是黑枣（不知是南枣还是北枣）、荔枝、桂圆、杏仁、陈皮、枸杞子、薏仁米，再加两粒橄榄。要泡一个月，打开来，酒香加药香，恨不得一口气喝它三大杯。母亲给我在小酒杯底里只倒一点点，我端着、闻着，走来走去，有一次一不小心，跨门槛时跌了一跤，杯子捏在手里，酒却全洒在衣襟上了。抱着小花猫时，它直舔，舔完了就呼呼地睡觉。原来我的小花猫也是个酒仙呢！

我喝完春酒回来，母亲总要闻闻我的嘴巴，问我喝了几杯酒。我总是说："只喝一杯，因为里面没有八宝，不甜呀。"母亲听了很高兴。她自己请邻居来吃春酒，一定给他们每人斟一杯八宝酒。我呢，就在每个人怀里靠一下，用筷子点一下酒，舔一舔，才过瘾。

春酒以外，我家还有一项特别的节目，就是喝会酒。凡是村子里有人急需钱用，要起个会，凑齐十二个人，正月里，会首总要请那十一位喝春酒表示酬谢，地点一定借我家的大花厅。酒席是从城里叫来的，和乡下所谓的八盘五、八盘八（就是八个冷盘，五道或八道大碗的热菜）不同，城里酒席称之为"十二碟"（大概是四冷盘、四热炒、四大碗煨炖大菜），是最最讲究的酒席了。所以乡下人如果对人表示感谢，口头话就是"我请你吃十二碟"。因此，我每年正月里，喝完左邻右舍的春酒，就眼巴巴地盼着大花厅里那桌十二碟的大酒席了。

母亲是从不上会的，但总是很乐意把花厅给大家请客，可以添点新春喜气。花匠阿标叔也巴结地把煤气灯玻璃罩擦得亮晶晶的，呼呼呼地点燃了，挂在花厅正中，让大家吃酒时划拳吆喝，格外地兴高采烈。我呢，一定有份坐在会首旁边，得吃得喝。这时，母亲就会捧一瓶她自己泡的八宝酒给大家尝尝助兴。

席散时，会首给每个人分一条印花手帕。母亲和我也各有一条，我就等于得了两条，开心得要命。大家喝了甜美的八宝酒，都问母亲里面泡的是什么宝贝。母亲得意地说了一遍又一遍，高兴得两颊红红的，跟喝过酒似的。其实母亲是滴酒不沾的。

不仅是酒，母亲终年勤勤快快的，做这做那，做出新鲜别致的东西，总是分给别人吃，自己却很少吃。人家问她每种材料要放多少，她总是笑眯眯地说："大约摸差不多就是了，我也没有一定分量的。"但她还是一样一样仔细地告诉别人。可见她做什么事，都有个尺度在心中的。她常常说："鞋差分，衣差寸，分分寸寸要留神。"

今年，我也如法炮制，泡了八宝酒，用以供祖先，倒一杯给儿子，告诉他是"分岁酒"，喝下去又长大一岁了。他挑剔地说："你用的葡萄酒是美国货，不是你小时候家乡自己酿的酒呀。"

一句话提醒了我，究竟不是道地家乡味啊。可是叫我到哪儿去找真正的家醅呢？

故乡的婚礼

我的故乡风俗淳厚,生活简朴。只有在结婚典礼上,仪式的隆重,排场的讲究,真是和过新年一般无二。无论穷家富户,平时省吃俭用,遇到嫁女儿,娶儿媳妇,那就有多少,花多少,一点也不心疼。

嫁女儿当晚的酒席,称作"请辞嫁"。是做女儿的最后一顿在娘家吃饭,所以酒菜非常丰富,而且有一道菜必定是母亲亲手做的。(事实上,乡下人家的饭菜,都是母亲做的,只是办喜事的日子,忙不过来,才请短工帮忙。)做母亲的为女儿做这道菜,一边抹眼泪,一边嘴里念念有辞,说的都是"早生贵子""五世其昌"之类的吉利话。最后把一对用红绿丝线扎的生花生和几粒红枣、桂圆放在盘边,祝福女儿早生贵子。做着做着,一滴滴泪珠儿都落在那碟菜里,真是咸咸甜甜。做女儿的,还没吃到嘴里,泪珠儿也滴落下来了。在那个时代,我故乡的女孩子,十六七岁就是出嫁的年龄,离开母亲,到一个陌生人家对一个陌生妇人喊妈妈,当然是非常伤心,也非常害怕的,所以母女二人的眼泪就流个没完。有支歌儿是这样唱的："妈妈呀,今夜和你共被单,明天和你隔重山。左条岭,右条岭,条条山岭透天顶哟。妈妈呀,娘边的女儿骨边的肉,您怎么舍得这块肉啊!"

新娘子打扮定当①,被伴娘扶到喜筵的首席上。这一晚,她是贵宾,父母都得坐在两旁次席相陪。伴娘坐在新娘旁边,每上一道菜,伴娘都得高唱:"请吹打先生奏乐。新娘举筷啦!"举酒杯时也一样要喊。其实新娘心里悲悲切切,根本吃不下。快乐的是满桌的少女陪客,真是得吃得喝。尤其快乐的是伴娘,她从缎袄里取出个大口袋,把所有不带汤汤卤卤的菜全装进去,带回家可以吃好几天了。我家乡酒席最讲究的是八盘八,其次是八盘五。四周八样冷盘,四角是山楂糕、炀熟的虾或蛤子、剥开的橘子、油炸甜点心,另四样是白切肉、猪肝、鳗鱼鲞、笋片,中间八道或五道熟菜,最后一道一定是莲子红枣汤。家家如此,千篇一律,却是百吃不厌。客人们埋头吃菜,新娘子低头淌眼泪。伴娘说这叫作"多子多孙的风流泪",是一定得流的。

辞嫁时,新娘穿的不是凤冠霞帔,而是像戏台上演貂蝉、红娘的那种打扮。因为那是少女装。一嫁到夫家,脱下凤冠霞帔以后,就得穿短袄长裙的少妇装了。

---

① 定当:停当;妥当。

新娘上花轿由弟弟妹妹或子侄扶进轿门。花轿一出大门，立刻把大门关上，要把风水关住，不要让新娘带走。妈妈再疼女儿，风水门仍旧不能不关。这真是："嫁出去的女儿，泼出去的水。"

娶儿媳妇的喜宴叫作"坐筵"。一坐起码两小时，这是为了要训练新娘子的忍耐心。花轿进了门，先在大厅里停上足足一小时，堂上高烧起红烛。然后新郎才开始理发、洗澡、换新衣。让新娘闷在花轿中苦等，也是为了要训练她的忍耐心。这段时间，孩子们都纷纷从花轿缝中伸手进去向新娘讨喜果，新娘的喜果必须准备得很丰富。给的时候，红枣、桂圆，每样起码得有一粒，否则人家就会讥讽新娘"小气鬼"。

"坐筵"的酒席也非常丰富，被请做"坐筵"客的一半是长辈，一半是年轻姑娘，姑娘必须长得十分标致。年龄十五六岁，已经定了亲，在半年内就要做新娘的最合适。我当时才十一二岁，长得明明是个塌鼻子斗鸡眼的丑小鸭，但因为是妈妈的独生女，她每次总是带我同去做"坐筵"席上的小贵宾。

我看其他姑娘们穿的是最时髦的五彩闪花缎（在当年，闪花缎是一种最名贵的缎）。乌亮的辫子，扎上两寸长嵌金银丝的桃红或绿水丝线。有的两耳边盘两个髻，戴上珠翠，衣扣缀的是小电珠泡，电池放在口袋里，用手控制，一闪一闪的，看得我好羡慕。因为我的妈妈非常俭省，给我穿的是一件不发光的紫红铁机缎单旗袍，不镶不滚，那是她的嫁衣改的。改得又长又大，套在旧棉袍外面，像苍蝇套在豆壳儿里，硬邦邦稀里晃浪的，看去就是个十足的傻丫头。妈妈还说："铁机缎坚实。软塌塌的闪花缎哪比得上呢？"另外，妈妈又给我戴上一顶紫红色法兰西绒帽，是爸爸托人从北平带回来的。妈妈得意地说："刚好配上，再漂亮也没有了。"可是我没有闪光的丝带扎辫子，胸前没有珠花。我说法兰西帽子应当歪戴，妈妈说歪戴帽子不像个大家闺秀，要我把帽子端端正正顶在头上，我心里好委屈。可是无论如何，能够有资格"坐筵"，总是体面的。

在"坐筵"席上，新娘是不能动筷子的，说实在话，新娘刚刚到一个陌生家庭，眼泪得忍着，不能像在娘家时可以撒开地流，哪里还吃得下东西呢。陪新娘的姑娘们也不能多吃，尤其是两三个月内就要做新娘的，更得做出斯斯文文的样子，以免婆家亲友看了笑话。

拜堂当然也是一项重要节目，新郎新娘拜完天地、祖先、公婆以后，就要拜见长亲[①]、宾客。一位位被司仪请了上去，新人双双跪拜，平辈的就是鞠躬。这个拜见礼，也足足要折腾上两小

---

① 长亲：辈分大的亲戚。

时，大厅外天井里燃着柴火，愈旺愈好。鞭炮声此起彼落。礼堂上是雪亮如白昼的煤气灯。乐队不断地吹打各种喜乐。每个人脸上都笑得跟盛开的牡丹花似的，到处喜气洋洋。

父亲从北平回来以后，给我带回一件白缎绣紫红梅花的长旗袍。我穿了去参加喜宴，每个人的眼光都向我投来，我心里好得意。直到如今，我仍不胜怀念那件软缎的梅花旗袍，但我更怀念母亲用嫁衣改的紫红铁机缎罩袍和那顶法兰西帽子。因为，那套行头，正象征我又憨又傻的童年，尤足以纪念节俭简朴的母亲。

粽子里的乡愁

异乡客地，越是没有年节的气氛，越是怀念旧时代的年节情景。

端阳是个大节，也是母亲大忙特忙、大显身手的好时光。想起她灵活的双手，裹着四角玲珑的粽子，就好像马上闻到那股子粽香了。

母亲包的粽子，种类很多。莲子红枣粽只包少许几个，是专为供佛的素粽。荤的豆沙粽、猪肉粽、火腿粽可以供祖先，供过以后称之为"子孙粽"。吃了将会保佑后代儿孙绵延。包得最多的是红豆粽、白米粽和灰汤粽。一家人享受以外，还要布施乞丐。母亲总是为乞丐大量地准备一些，美其名曰"富贵粽"。

我最最喜欢吃的是灰汤粽。那是用旱稻草烧成灰，铺在白布上，拿开水一冲。滴下的热汤呈深褐色，内含大量的碱。把包好的白米粽浸泡于灰汤中一段时间（大约一夜晚吧），提出来煮熟，就是浅咖啡色带碱味的灰汤粽。那股子特别的清香，是其他粽子所不及的。我一口气可以吃两个，因为灰汤粽不但不碍胃，反而有帮助消化之功。过节时若吃得过饱，母亲就用灰汤粽焙成灰，叫我用开水送服，胃就舒服了。完全是自然食物的自然治疗法。母亲常说我是从灰汤粽里长大的。几十年来，一想起灰汤粽的香味，就神往童年与故乡的快乐时光。但在今天到哪里去找旱稻草烧出灰来冲灰汤呢？

端午节那天，乞丐一早就来讨粽子。真个是门庭若市。我帮着长工阿荣提着富贵粽，一个个地分，忙得不亦乐乎。乞丐常常高声地喊："太太，高升点（意谓多给点）。明里去了暗里来，积福积德，保佑你大富大贵啊！"母亲总是从厨房里出来，连声说："大家有福，大家有福。"

乞丐去后，我问母亲："他们讨饭吃，有什么福呢？"母亲正色道："不要这样讲。谁能保证一生一世享福？谁又能保证下一世有福还是没福？福要靠自己修的。时时刻刻要存好心，惜福最要紧。他们做乞丐的，并不是一个个都是好吃懒做的，有的是一时做错了事，败了家业。有的是上一代没积福，害了他们。你看那些孩子，跟着爹娘日晒夜露地讨饭，他们做错了什么，有什么罪过呢？"

母亲的话，在我心头重重地敲了一下。因而每回看到乞丐们背上背的婴儿，小脑袋晃来晃去，在太阳里晒着，雨里淋着，心里就有说不出的难过。当我把粽子递给小乞丐时，他们伸出黑漆漆的双手接过去，嘴里说着："谢谢你啊！"眼睛睁得大大的，看我一身的新衣服。他们有许多都和我差不多年纪，差不多高矮。我就会想，他们为什么当乞丐，我为什么住这样的大房子，有好东西吃，有书读？想想妈妈说的，谁能保证一生一世享福，心里就害怕起来。

有一回，一个小女孩悄声对我说："再给我一个粽子吧。我阿婆有病走不动，我带回去给她吃。"我连忙给她一个大大的灰汤粽。她又说："灰汤粽是咬食的（帮助消化），我们没什么肉吃呀。"我听了很难过，就去厨房里拿一个肉粽给她，她没有等我，已经走得很远了。我追上去把粽子给她。我说："你有阿婆，我没有阿婆了。"她看了我半晌说："我也没有阿婆，是我后娘叫我这么说的。"我吃惊地问："你后娘？"她说："是啊！她常常打我，用手指甲掐我，你看我手上脚上都有紫印。"

听了她的话，我眼泪马上流出来了，我再也不嫌她脏，拉着她的手说："你不要讨饭了，我求妈妈收留你，你帮我们做事，我们一同玩，我教你认字。"她静静地看着我，摇摇头说："我没这个福分。"

她甩开我的手，很快地跑了。

我回来呆呆地想了好久，告诉母亲，母亲也呆呆地想了好久，叹口气说："我也不知道要怎样做才周全，世上苦命的人太多了。"

  日月飞逝，那个讨粽子的小女孩，她一脸悲苦的神情，她一双吃惊的眼睛，和她坚决地快跑而逝的背影，时常浮现我心头。她小小年纪，是真的认命，还是更喜欢过乞讨的流浪生活？如果她仍在人间的话，也已是年逾七旬的老妪了。人世茫茫，她究竟活得怎样，活在哪里呢？

  每年的端午节来临时，我很少吃粽子，更无从吃到清香的灰汤粽。母亲细嫩的手艺，和琐琐屑屑的事，都只能在不尽的怀念中追寻了。

故乡的农历新年

天寒岁暮，在异国风雪漫天的夜晚，既无围炉之乐，复少话旧之趣。扭开电视机，唱的都是些不入耳的洋腔洋调。真是老来情味减，只落得屈指数流年了。倒是想起在台北时，每年大除夕，各电视台都有精心制作的特别节目，影星歌星济济一堂，团圆拜年，恭喜新年，与哗哗啪啪的鞭炮声，烘托出一片喜气洋洋。

我最最怀念的，还是儿时在故乡过新年的欢乐情景。

那时我才七八岁，家庭教师总要在腊月廿三夜祭送灶神、新年序幕开始以后，才放我的年假。从腊月廿四到正月初五，五天年满就要照常上课了。所以这十天是我一年里的黄金时刻。天天在母亲或老长工阿荣伯后跟来跟去，学说吉利话。数数目数到"四"，一定要说"两双"；吃橘子时一定要大声地唱"大吉大利"（故乡话"橘""吉"同音）；买田买地，跨门槛一不小心跌一跤，赶紧爬起来连声地念"元宝元宝滚进来"，阿荣伯听得呵呵笑。母亲高兴起来，会送给我一块香喷喷热烘烘的甜年糕，我就边吃边说："年糕年糕，年年高。"

那时父亲远在北平，但每年冬天都会托人带一件新棉袄给我过新年。腊月廿四那天，我总是对着大镜子把新棉袄穿上，照前照后一番再脱下来，嘴里喃喃念着："妈妈说的，现在不穿，大年初一才穿。"母亲在一旁笑嘻嘻地说："初一着新衣，一年都顺利。"她又说："明天你阿爸回来，一定会带一件闪花缎旗袍给你。"

于是我就眼巴巴盼望着漂亮的闪花缎旗袍。尽管盼望落空，父亲并没回来，但母亲每年仍高高兴兴地忙蒸糕、忙酿酒，吩咐长工做给乞丐的"富贵年糕"，红糖要加足，不要掺糖色（是一种像红糖的假颜色）。阿荣伯也说："一年一回嘛，要他们大大小小吃得高高兴兴的。"他特地雕了一方小模型给我做糕用。我学着大人们的样子把蒸熟加了红糖的米团，一个个镶在模型里压平，等凉了倒出来就是整齐有花纹的年糕。我把自己做的小年糕和大人们做的大年糕一一排在木板上，阿荣伯用毛笔蘸了洋红水，在每块上点上一点，就是"富贵糕"了。我抢着点洋红的工作，点一块，念一声"大吉大利"。母亲说："大乞丐给大年糕，小乞丐小年糕。"阿荣伯又用米团做了大大小小的元宝。正月里，乞丐们常常是祖孙三代像一条长龙似的游来了，阿荣伯就把大元宝捧给白发老人，小元宝给他们的孙儿孙女。看他们一个个脸上浮现欢乐的笑容，老人们连声念："天保佑你们大富大贵，明里去了暗里来。"我眼看他们牵着一大串孩子走了，常常问阿荣伯："明年他们长大点了，还当不当乞丐呢？他们为什么不上学呢？"阿荣伯说："他们读什么书？长大了能学会一点手艺，有个正当工作做就算好了。"母亲却叹口气说："只怕他们从小跟着大人讨饭学懒了，不肯学手艺，这就叫穷人的命，富贵的病啊！"小帮工阿喜说："不会的啦！我小时候也当过讨饭的哩，是三画阿公把我送给你们家，太太和阿荣伯收留了我，我不是很勤奋吗？"阿荣伯用旱烟筒轻轻敲一下他的头说："像你这样的好命有几个？"我悄悄地跟阿喜说："我们劝大乞丐不要带他们的孩子来讨饭。送他们去小学读书，并不要钱的呀。"阿喜摇摇头说："办不到。你不知道，过年时来的小孩并不都是他们自己的儿女，只为想多讨点年糕，要了别人的孩子来轮流冒充儿女的。"我听得心里茫茫然，问阿荣伯为什么他们愿意跟别人讨饭，阿荣伯却又只顾抽旱烟不作声了。

  阿荣伯和阿喜一老一小，是我最要好的朋友，越是过年我越黏着他们。跟阿荣伯在谷仓里摆上元宝，跟阿喜在大年夜点"风水烛"。母亲把山薯切成大小均匀的方块，插上竹签，点燃了小蜡烛。我帮阿喜提着篮子在大院落各处摆上，全幢大第都显得亮晃晃一片光明。母亲和阿荣伯都念念有词地说："风水烛，年年丰足，年年丰足……"

  就在这样欢乐的祝贺声中，农历新年开始了。

月光饼

也许是我故乡特有的一种月饼。每到中秋,家家户户及商店,都用红丝带穿了一个比脸盆还大的月光饼,挂在屋檐下。廊前摆上糖果,点起香烛,和天空的一轮明月相映成趣。月光饼做得很薄,当中央上一层稀少的红糖,面上撒着密密的芝麻。供过月亮以后,拿下来在平底锅里一烤,掰开来吃,真是又香又脆。月光饼面积虽大,分量并不多,所以一个人可以吃一个,我总是首先抢到大半个,坐在门槛上慢慢儿地掰开嚼。家里亲友们送来的月光饼很多,每个上面都有一张五彩画纸,印的是"嫦娥奔月""刘备招亲""西施拜月"等图画,旁边还印有说明文字。我把这些五彩画纸抽下来,要大人们给我讲上面的故事。几年的收藏积蓄,我有了一大叠。长大以后,我还舍不得丢掉,时常拿出来看看,还把它钉成一本,留作纪念。

我有一个比我只大两岁的表姑,她时常在我家度过中秋节,她喜欢吃月光饼。有一次,她拿了三张五彩画纸要跟我换一个饼,我要她五张,她不肯,两个人就吵起来。她的脸很大很扁,面颊上还长了不少雀斑。我指着她的脸说："你还吃月光饼！再吃，脸长得更大更扁，雀斑就跟饼上的芝麻那么多了。"这句话真伤了她的心，她就掩面哭泣起来，把一叠画纸撕成片片扔掉，我也把月光饼扔在地上，用脚一踩踩得粉碎，心里不免又心疼又后悔，也就哇的一声哭起来。母亲走来狠狠地训了我一顿，又捧了个刚烤好的月光饼给表姑，表姑抹去眼泪，看看饼，抬眼望着母亲问道："表嫂，你说我脸上的雀斑长大以后会好吗？"母亲抚着她的肩说："你放心吧！女大十八变，变张观音面。你越长大，雀斑就越隐下去了。"母亲又说又笑："你多拜拜月亮菩萨，保佑你长得美丽。月光饼供过月亮，吃了也会使你长漂亮的。"表姑半信半疑地摸着月光饼上的芝麻，和我两个人呆愣愣地对望了好一会儿，她忽然掰下半个饼递给我说："我们分吧！我跟你要好。"我看看地上撕碎了的画纸与踩烂的饼屑，感激万分地接过饼，跟表姑手牵手悄悄地去后院里，恭恭敬敬地向天上的月亮拜三拜，我们都希望自己长大了有一张观音面。

　　表姑长大以后，脸上的雀斑不但没有隐去，反而更多了。可是婚后夫妻极为恩爱，她生的两个女儿，都出落得玫瑰花儿似的，我们见面时谈起幼年抢吃月光饼和拜月亮的事情，她笑笑说："月亮菩萨还是听我的祷告的。我自己脸上的雀斑虽然是越来越多，而她却保佑我有一对美丽的女孩子。"

台湾是产糖的地方，各种馅儿的月饼，做的比大陆更腻口，想起家乡的月光饼，那又香又脆的味儿好像还在嘴边呢！

中秋节，一年又一年，来了又过去，什么时候回家乡去吃月光饼呢？

看庙戏

我家乡旧时代的农村生活,非常勤俭简朴,只有在过新年时才有几天休闲。大家吃完晚饭后,就在厨房里围坐在大灶边取暖。我家那时有两位长工,一位小帮工阿喜,都听老长工阿荣伯的指挥。我是阿荣伯的爱宠,阿喜又是我的好朋友,于是我吃着阿喜为我烤的热烘烘香喷喷的甜山薯,靠在阿荣伯怀里听他讲关公、岳飞的忠义故事,实在是快乐无比。

将近农历新年时,镇上照例要在庙里演两天戏,感谢神佛一年的照顾。可惜腊月从城里请来的总是最穷最破的班子,因为家家都在忙过年,没有大人看戏,只有小孩子在台下啃甘蔗、吃橘子,追来追去。大概连神佛都没兴趣看那穿旧兮兮戏装的破班子。神佛要看的不是腊月的关门戏,而是正月初六、初七热热闹闹、行头簇新的开门戏吧!

但是无论多破的班子,阿荣伯都要带我去看戏。有一个晚上天好冷,他仍要带我去,我抱怨说:"不要去嘛,在家里烤火吃甜山薯,听你讲《三国演义》多好玩!破班子的戏,多难看呀！"阿荣伯却生气地说："怎么可以这样讲？越是破班子，越该去给他们捧捧场，多给他们叫几声好；不然他们辛辛苦苦演了没人看，多冷清呀！"

阿喜连声说"对，对"，就陪着一同去。到了庙里，正殿天井里只有零零落落几个人，连小孩子也不看戏，只三三两两坐在地上斗纸牌。我们三个人站在离戏台很近的地方，不管台上走出了一个什么样的人物来，阿荣伯都使劲拍手叫好。阿喜也跟着喊："好啊！好啊！"我却一点也看不懂他们在演什么。只看他们稀稀落落几个人穿着破烂戏装在台上走来走去，唱的声音有气无力。阿喜说当中那个穿旧龙袍的是皇帝，手里牵着穿黄袍的孩子是太子，太子前额正中有一点深红点子，脸圆圆的很好玩。但是看他在打哆嗦，一定是太冷了。他被皇帝爸爸牵来牵去，皇帝咿咿呀呀地唱了一阵，两个人就都下去了。我看得只想打瞌睡，却见那个太子已换了件破棉袄，从台下的木栅破洞钻出来，走到走廊里一个馄饨担子边上，呆呆地看，只咽口水。阿荣伯说他真是饿了，就走过去摸出三个铜板给馄饨担子，买了碗馄饨递给他，他犹疑了一下，就接过去唏里呼噜地吃了。我看他额头上的深红点子还没擦掉，走过去轻声对他说："你是当太子的。"他生气地说："我不是太子，我一会儿当太子，一会儿当叫化子，我什么也不是。"我吓得不敢作声了，却伸手在口袋里摸了下母亲给我买鞭炮的一个银角子，很想拿出来给他却又不敢，悄悄问阿喜可不可以给他，阿喜说："他是戏团儿（家乡话，指演戏的人），不是讨饭的，你不可以给他钱。我只好怅怅地走向阿荣伯身边。直等他把三出戏看完，才带着我们回家。

一路上，我的手一直在口袋里摸着那个银角子，心想，那个太子如果有一个银角子，就可以吃好多碗馄饨了；而我却拿银角子买鞭炮，一下子就放光了。为什么当戏团儿的孩子会那么苦，口袋里连三个铜板都没有呢？这样想来想去，心里就很不快乐。阿喜问我为什么发呆，我说我在想那个太子吃馄饨的样子。阿喜扑哧一声笑了。我问他笑什么，他说："我知道你一定在担心，明天没有人给他铜板买馄饨吃吧！愁不了那么多的，世上穷苦的人太多了，各人头顶一片天。小戏团儿还算好，有吃有穿，有师父照顾，还能去一个个地方云游。"我问他："你是不是也想当戏团儿去云游呢？"他想了想说："若是当初三画阿公不收留我，我娘带我当一阵讨饭的以后，一定会把我卖到戏班子里，我不就当了小戏团儿了吗？三画阿公想想自己年纪大了，才和阿荣伯商量，把我送到你们家当小帮工。你们大户人家积福积德，你妈妈待我这么好，我真是好运气啊。"我听了心里有说不出的感动，觉得我也很运气，有阿喜做伴，阿喜就像是我亲哥哥一般，因为哥哥一直在北平不回来啊！

我们一路谈着回家，心头感到很温暖。听阿喜说的"各人头顶一片天"，我也就用不着替那小戏团儿担忧了。

喜　宴

我的故乡是离城三十里的一个小村庄——瞿溪。瞿溪风俗淳厚，而对于城里人的礼仪、衣着，却非常羡慕而且极力模仿。在结婚大典中，"坐筵"可说是中心节目，仪式之隆重不亚于城乡，只是排场不及他们豪华就是了。

父亲当年在杭州做过一任"大官"，我又是他的独养女儿，因此地方上不论什么人家办喜事，都要用轿子把我这位"潘宅大小姐"请去撑场面。尤其是"坐筵"，更少不了我。本来，被请做"坐筵"客的，必须具备一个最重要的条件，那就是姑娘要长得十分标致，年龄在十五六，已经定了亲，在半年内就要"做新妇"的最合标准。而我呢？小时候明明是个塌鼻子斗鸡眼的丑小鸭，年纪还不满十一岁。只因是"官家之女"，这只丑小鸭也就成了"坐筵"席上的贵宾了。

可是无论如何，"坐筵"毕竟是我童年生活史上最光荣的一页，如今追述起来，心情之兴奋不亚于退职官员们津津乐道他们当年煊赫的功名事业呢。

在乡间,我既是人人瞩目的"官家小姐",母亲平日对我的举止仪容,自是倍加管教,唯恐我有失态之处。我自觉小小年纪,就时常被请做"坐筵"客,固然是值得骄傲,可是毕恭毕敬地坐在新娘旁边,眼看着热腾腾、香喷喷的菜,端上来又撤下去,既不能放肆地吃,又不能随便退席,实不胜拘束之苦。

更有一件使我苦恼的事,就是每次赴"坐筵"时总感到自己的衣服远不及其他姑娘们的华丽。看她们一个个争奇斗艳,旗袍也好,裙袄也好,总是最时髦的五彩闪花缎(在当年,闪花缎是一种最名贵的缎,就如同玻璃纱是那时夏天里最漂亮的纱)。乌亮的辫子,扎上两寸长嵌银丝的桃红或水绿丝线。有的更是满头珠翠,衣扣缀着小电珠泡,一闪一闪的,看得人眼花缭乱。而我呢?永远是一件紫红铁机缎不镶不滚的旗袍,那是母亲的嫁衣改的。改得又长又大,套在旧棉袍外面(办喜事大部分是冷天),像苍蝇套在豆壳儿里,硬邦邦,看去就是个十足的傻丫头。母亲还得意地说:"铁机缎多坚实,现在的闪花缎哪比得上呢!"我气得直撇嘴。此外,我还有一顶紫红法兰西绒帽,是父亲远远从北平寄回给我的。母亲说:"刚好配一套,再漂亮不过了。"我说法兰西帽应当歪戴。母亲说歪戴帽子不像个大家闺秀,要我端端正正顶在头上。为这顶帽子,我哭过不止一次。可是我头上没有珠翠,不戴帽子光秃秃的更难看了。

我至今都不会忘记那非常"丢脸"的一次。那是我们邻村郭溪第一家富户张宅大小姐出嫁。我被请去陪新娘"辞嫁"（这是姑娘出嫁前一晚，告辞父母家人的一桌筵席，仪式比"坐筵"轻松，因为新娘是在娘家）。张大小姐是有名的美人儿，打扮成新娘，其美丽自不必说。我穿的仍是我那唯一的紫红铁机缎旗袍，戴上那顶令人烦恼的法兰西帽，在艳光照人的新娘旁边，我不免自惭形秽起来，就只是往人缝里躲。此时，大堂上忽然一声高唱："胡宅二小姐到。"新房里所有的女客们都一齐挤到房门口，男宾们更是争先恐后地围向那顶绿呢轿子。我在人缝中定睛一看，轿子里跨出一位小姐，那高贵淡雅的装束，雍容华贵的神情，真使在场所有的女宾，都为之黯然失色。我耳中只听得一声赞叹欣羡之声，再回头偷偷照了下穿衣镜，简直寒碜得无地自容了。胡二小姐袅袅婷婷地走进新房，露出玉米似的洁白纤牙，微微地笑着。乌缎似的头发，梳成两个圆髻，各绕上一圈珍珠。额前稀稀疏疏飘着几根刘海。一张瓜子脸儿，嫩白的肌肤和她一身月白软缎绣淡绿牡丹花旗袍相映照，那派冰清玉洁，我至今都想不出一个妥当的字眼形容她。

"坐筵"时，胡二小姐挨着新娘，我被安排在她的下首，那意思就是胡二小姐的地位比我高，她是主宾。这时，我心里已经很不自在，倒不是忌妒胡二小姐，而是觉得自己这一身衣着和一脸的黑皮肤，实在没资格参加这豪华的典礼。我又不时偷眼望胡二小姐襟前扣的一大朵珠花和新娘领子下的钻石别针。我在心里对自己发誓，这一生一世再也不陪新娘了。不一会儿，来了一个珠光宝气的妇人，她一手牵一个姑娘，走到我面前，眯起近视眼看着我说："你是胡二小姐的陪伴小姑娘吧？你跟我来，另外专有一席给你们的。"伴嫁连连摇手说："不是不是，她是潘宅大小姐呀！"胡二小姐却低下头抿嘴儿一笑。我真恨透了那一笑，那里面包含了讥讽、得意与轻蔑。我的眼泪几乎掉下来，但我咬着嘴唇忍住了。那时，我的脸一定是青一阵，紫一阵，难看极了。菜一道道地上，我终席不曾举一下筷子。连新娘都忍不住招呼我说："小妹妹，你吃一点呀！"我摇摇头，我当时心中只有一个念头，就是："我快点死掉吧！"

　　胡二小姐就在两个月后结婚，胡宅派了三次轿子来接，我死也不去。母亲只好自己去了。胡二小姐嫁到同村王宅。王宅请我"坐筵"，我也不去。我流着眼泪央求母亲道："妈，您为什么不做件五彩闪花缎旗袍给我，为什么不给我一朵珠花戴呢？"母亲笑笑说："你还小，等十五岁一定给你。"

　　幸得没等到十五岁，父亲就从北平回来了。我一五一十向父亲诉了委屈。父亲马上带我进城，在一家最有名的裁缝铺里，给我定做了一件旗袍。白软缎绣上整株的紫红梅花，再配上一双绽红亮片的白缎高跟鞋，这一身富丽的"锦袍"，顿时使我忘记了自己的塌鼻梁和斗鸡眼，自以为可以和凤冠霞帔的新娘比美了。

十二岁那年的一次"坐筵"，给我赢来了无比的光荣。从那以后，在人们心目中，我才真正是一位"大家风范"的"千金小姐"了。

那是地方上一家大户娶儿媳妇，父亲也被邀请做特等贵宾。我们父女二人的两顶轿子，一前一后往大门长驱直入，好不威风。"坐筵"时，父亲坐在新娘左首一席，另请四位年高德劭的客人陪他。我坐在正中一席陪新娘，右首是新郎的父母与长亲。他们为了款待我父亲，那晚这三桌酒席特由八盘五增为八盘八（这是我乡酒席的特点，就是八个冷盘，当中上八道热菜。最后一道是莲子红枣汤，讨"早生贵子"的彩头）。八个冷盘可说样样精彩。我乡吃酒的惯例是四角的冷盘，都可以分成一份份，给客人包了带回家。那是橘子，未剥开的蛤子，山楂糕，油炸各式点心。这些都是我平日最喜欢吃的东西，可是为了表示自己的教养、派头，那晚我一样也不拿，全送给同桌姑娘的陪妈了（我因随父亲同去，所以不需陪妈）。我在拿东西给人时，故意把右手中指高高翘起，让人家看到我的翡翠戒指，连新娘都向我投来羡慕的眼光。我心中真是得意，又远远望一下高踞上座的父亲，他只是衔着烟斗向我微笑，仿佛是说："现在你该满意了吧，这么时髦的服装，这么贵重的首饰。"我不禁伸手摸摸胸前的大珠花，想起白兰花似的胡二小姐的姿容，心中仍不免埋怨母亲，应该早点儿把我打扮起来！

在"坐筵"席上，新娘是不能动筷子的，陪新娘的姑娘们也不能多吃，尤其是两三个月后就要做新娘的，更得做出斯文样子，以免婆家亲友见了笑话。我是桌上唯一未曾订婚的小姐，但我也兴奋得吃不下。那晚上，我是满堂贵宾注目的对象，主要的当然因为我父亲，还有就是我的衣饰实在太吸引人了。

在新郎新娘拜堂以后，照例要拜谒宾客亲友，主人第一个请的就是我父亲，司仪一声高唱："潘宅大老爷请上座。"我的精神亦为之一抖擞，知道不久就将轮到我了。果然在拜见平辈客人时，我就是第一个被唱名上前的。"潘宅大小姐请。"我就不像其他姑娘们那样扭扭捏捏，我踏着绽红亮片的高跟鞋，以最雍容大方的步子走上大堂，接受了新人的三鞠躬礼，也回了三鞠躬礼。礼堂上雪亮如白昼的煤气灯光，照耀着我白缎绣紫红梅花长及足背的旗袍，自觉摇曳生姿。管乐声中，我从容地走上去又走下来，两目平视，尽管手心冒着汗，却绝不露一丝慌张之色。我心里想："你们看看我该比旁的姑娘不同吧！"

回到新娘房里，我就听到有人在低声细语："真奇怪，她怎么会变得漂亮起来，皮肤给白缎一映都白了，眼睛好像也不斗了。""究竟是官家小姐,你看她答礼时不慌不忙多大方。"我心里可真乐死了,可不是吗?女大十八变,更何况人靠衣装佛靠金装呢!

可是尽管我对"坐筵"产生浓厚的兴趣,母亲却总不赞成父亲给我极力打扮。她认为女孩子家从小养成睥睨一切的虚荣心,长大后只会害了她。所以除了那一身豪华的"礼服",她就没允许再给我做第二身。

不久,我家搬到了杭州,从此我就没机会再"坐筵"了。十年后回到故乡,一切都变了,"坐筵"的典礼也没有了。直到如今,我仍不胜怀念我的白软缎绣梅花旗袍,但我更怀恋那件由母亲新嫁衣改做的紫红铁机缎夹袍和那顶法兰西帽子。因为那一套行头正象征我又憨又傻的童年,尤足以纪念我节俭简朴的母亲。

桂花卤·桂花茶

家乡老屋的前后大院落里，最多的是桂花树。一到八九月桂花盛开的季节，那岂只是香闻十里，简直是整个村庄都香喷喷的呢。古人说："金风送爽，玉露生香。"小时候老师问我怎么解释，我就信口而说："桂花是黄色的，秋天里，桂花把风都染成黄色了，所以叫作'金风'。滴在桂花上的露珠，当然是香的，所以叫'玉露生香'。"老师点头认为我胡诌得颇有道理哩。

母亲却能把这种桂花香保存起来，慢慢儿地享受，那就是她做的桂花卤、桂花茶。桂花有银桂、金桂二种。

银桂又名木樨，是一年到头月月开的，所以也称月月桂。花是淡黄色的，开得稀稀落落的几撮，深藏绿叶之中，散发着淡淡的清香，似有若无。老屋正厅庭院中与书房窗外各有一株。父亲于诵经吟诗之后，总喜欢命我端把藤椅坐在走廊上，闻闻木樨的清香，说是有清心醒脾之功。所以银桂的香味在我心中留下特别深刻的印象。在台北时，附近巷子里有一家院墙里有一株，轻风送来香味时，就会逗起我对故乡与亲人的思念。

与银桂完全不同的是金桂，开的季节却是中秋前后。金黄色的花，成串成球，非常茂密，与深绿色的叶子相映照，显得很壮观。但是开得快，谢得也快。一大阵秋雨，就纷纷零落了。母亲不像父亲那样，她可没空闲端把椅子坐下来闻桂花香，她关心的是金桂何时盛开，潇潇秋雨，何时将至。母亲称之为秋霖，总要抢在秋霖之前摇下来才新鲜。因为一被雨水淋过，花香就消失了。不像银桂，雨打也不容易零落，次日太阳一照，香气又恢复了。所以父亲说木樨是坚忍的君子，耐得起风雨；金桂是赶热闹的小人，早盛早衰。母亲却不愿委屈金桂，她说银桂是给你闻的，金桂是给你吃的，不是一样的好吗？什么君子小人的？！

摇桂花对于母亲和我来说，是件大事，其忙碌盛况就跟谷子收成一般。摇桂花那一天，必须天空晴朗，保证不会下雨。一大早，母亲就在最茂盛的桂花树上折下二枝，供在佛堂里与祖先神位前，那一份虔敬，就仿佛桂花在那一天就要成仙得道似的。

太阳出来晒一阵以后，长工就帮着把篾簟铺在桂花树下，团团围住，然后使力摇着树干，花儿就像落雨似的落在簟子上。我人矮小，力气又不够，又不许踩到草子里，只有站在边上看。一阵风吹来，桂花就纷纷落在我头上、肩上，我就好开心。世上有这样可爱喷香的雨吗？父亲还作了首诗说"花雨缤纷人梦甜"。真的是到今天回味起来，都是甜的呢。

摇下来好多箩的桂花，先装在篓里，然后由母亲和我，还有我的小朋友们，一同把细叶子、细枝、花梗等拣去，拣净后看去一片金黄，然后在太阳下晒去水分。待半干时就用瓦钵装起来，一层糖（或蜂蜜）一层桂花，用木瓢压紧装满封好，放在阴凉处；一个月后，就是可取食的桂花卤了。过年做糕饼是绝对少不了它的，平常煮汤圆、糯米粥等，挑一点加入也清香提神。桂花卤是越陈越香的。

母亲又把最嫩的明前或雨前茶焙热，把去了水气半干的桂花和入，装在罐中封紧，茶叶的热气就把桂花烤干，香味完全吸收在茶叶中。这是母亲加工的做法，一般人家从我们家讨了桂花，就只将它拌入干的茶叶中，桂花香就不能被吸收，有的甚至烂了。可见什么东西都得花心思，有窍门的。剩下的，母亲就用作枕头芯子，那真合了诗人说的"香枕"了。

母亲的日常生活十二分简朴，唯有泡起桂花茶叶来，是一点不节省的。她每天在最忙碌之时，都要先用滚水沏一杯浓浓的桂花茶，放在灶头，边做事边闻香味，到她喝茶时，水已微凉了。她一天要泡两次桂花茶，喝四杯。她说桂花茶补心肺，菊花茶清肝明目，各有好处。她还边喝边唱："桂花经，补我心，我心清时万事兴。万事兴，虔心拜佛一卷经。"喝过的茶叶，她都倒在桂花树下，说是让茶花叶都归根。母亲真是通晓大自然道理的

"科学家"呢。

　　杭州有个名胜区叫满觉陇，盛产桂花。八九月间，桂花盛开时，也正是栗子成熟季节。栗树就在桂树林中，所以栗子也有桂花香味。我们秋季旅行时，在桂花林中的摊位上坐下来，只要几枚铜板，就可买一碗热烫烫的西湖白莲藕粉煮的桂花栗子羹。那嫩栗到嘴便化，真是到今天都感到齿颊留芳。林中桂花满地，踩上去像踩在丝绒地毯上。母亲说西方极乐世界有"玻璃琉璃，金沙铺地"。我想那金沙哪有桂花的软、桂花的香呢。

　　故乡的桂花，母亲的桂花卤、桂花茶，如今都只能于梦寐中寻求了。

何时归看浙江潮

　　我的母校之江大学位于杭州最幽美的风景区——钱塘江边，六和塔畔，秦望山麓，占全世界风景最佳四大学的第二位，是美国教会在中国创办最早的一座学府。当我第一次爬上松荫夹道的斜坡，再跨过一片翠碧的草坪，仰首见巍巍大堂正中金色的"慎思堂"三字，即不由得肃然起敬。想到自己今后将研读于斯，衷心①自不胜喜幸。

　　离母校屈指已二十年，而母校灿烂的光辉，轩昂的气宇，却时时在照耀我、指引我，使我更怀念苦心培育我的老师们。我仿佛又回到钱塘江边，受那万顷波涛的洗礼，顿觉有一股浩气，充沛于胸臆之间。钱塘江这一条千变万化的江水，我爱之胜于西子湖。我每于升旗早操后循着幽径，一口气跑到江边，凝眸远眺。清晨江上雾气未散，水、天、云、树，于迷蒙中隐约不可分。晨曦自红霞中透出，把薄雾染成了粉红色的轻纱，笼着江面。邻

---

① 衷心：内心，心中。

粼的江水，柔和得像纱帐里孩子梦中带笑的脸。一天的希望与欢乐都开始了，我一直要望到阳光照得我的脸与身子由暖烘烘而发热，才跑回宿舍去吃早餐。

傍晚，我尤喜散步江滨。潮退时，就坐在滩头，看赶筑钱江大桥的轮渡，忙碌地载运着沙石与桥墩。偌大的工程，眼看它逐日完成，年轻人的心，有着无限兴奋与新奇之感。想起幼年时读地理，听老师讲钱塘江的故事，说第一个潮头是伍子胥，第二个潮头是文种。我伫立桥心，望着滔滔江水，亦不免有"前不见古人，后不见来者"的苍茫之感。

我印象最深的是那一座庄严的礼拜堂，幽静肃穆，墙上爬满深绿的藤萝。我虽到现在仍非教徒，可是那铿锵的钟声，似仍微微震荡着我的心弦。那时，常是清晨的钟声催我起床；夜晚，从图书馆倦读归来，钟声驱散了我一天的疲乏。直到现在，我都没有忘记与钱塘江波涛相和的钟声。不知钱塘江潮水是否因愤怒而更加澎湃，而母校的自由钟声，是不是还能再鸣呢？

秦望山上四季的野花芳草，给我编织了不少美丽的梦。春日的杜鹃，深秋的红叶，于夕阳映照中，其美丽有胜于西子湖堤三月的桃花。我们常在课余上山采集花草，乐趣盎然。记得有一次上生物课，马区教授看我们要打瞌睡，忽然放下粉笔说："走，我们爬山去。"于是我们都莫名其妙地跟着他跑上山。他叫我们看见什么花儿草儿，只要是美丽的、喜欢的就采，采回来，压好了做标本。"对植物有兴趣的记上种类科目，喜欢艺术的就任意排成各色图案，题上我们得意的诗句。"马区教授真是一位风趣且懂得调剂学生身心的好老师。他说的一口道地的杭州土话，我问他："马老师，您来中国多少年了？"他拍拍我肩头说："比你还早好多年。"因为那时他来中国已经将近三十年了。

我果然把许多鲜花红叶排成图案，订成一册，这本富于纪念价值的小册子，离校后一直随身携带。偶尔翻开看看，娇姿丽质，虽已翠减红消，可是回首少年时，依旧情景历历。所遗憾的是这本册子没有带来台湾。

距学校三里外的"九溪十八涧"，是脍炙人口的名胜区。一条平坦的石板路，直通幽远的溪流。这是夏老师最喜欢去的处所。他时常带我们这几个"得意门生"到九溪茶亭闲坐。一盏清茶、一碟花生米与几块五香豆腐干，就可消磨竟日。我们赤足在潺潺的溪水中捡石子，夏老师依栏闲吟，诗成后传诵一时。

故乡、母校，都在遥远的那一边，追忆欢乐的学生生活，尤引人无限乡愁。但不知哪一天可以再登秦望山头，听松风鸟语，看江水长流，使名山胜迹，重放秀气灵光，则母校弦歌，又可再起了。

 第二辑　思念之人·亲友情

母亲的金手表

母亲那个时代,没有"自动表""电子表"这种新式手表,就连一只上发条的手表,对于一个乡村妇女来说,都是非常稀有的宝物。尤其母亲是那么俭省的人,好不容易父亲从杭州带回一只金手表给她,她真不知怎么个宝爱它才好。

那只圆圆的金手表,以今天的眼光看起来是非常笨拙的,可是那个时候,它是我们全村最漂亮的手表。左邻右舍、亲戚朋友到我家来,听说父亲给母亲带回一只金手表,都会要看一下开开眼界。母亲就会把一双油腻的手,用稻草灰泡出来的碱水洗得干干净净,才上楼去从枕头下郑重其事地捧出那只长长的丝绒盒子,轻轻地放在桌面上,打开来给大家看。然后眯起(近视眼)来看半天,笑嘻嘻地说:"也不晓得现在是几点钟了。"我就说:"您不上发条,早就停了。"母亲说:"停了就停了,我哪有时间看手表?看看太阳晒到哪里、听听鸡叫就晓得时辰了。"我真想说:"妈妈不戴就给我戴。"但我也不敢说,知道母亲绝对舍不得的。只有趁母亲在厨房里忙碌的时候,才偷偷地去取出来戴一下,在镜子里左照右照一阵又脱下来，小心放好。我也并不管它的长短针指在哪一时哪一刻。跟母亲一样，金手表对我们来说，不是报时，而是全家紧紧扣在一起的一种保证，一份象征。我虽幼小，却完全懂得母亲宝爱金手表的心意。

后来我长大了，要去上海读书。临行前夕，母亲泪眼婆娑地要把这只金手表给我戴上，说读书赶上课要有一只好的手表。我坚持不肯戴，我说："上海有的是既漂亮又便宜的手表，我可以省吃俭用买一只。这只手表是父亲留给您的最宝贵的纪念品啊！"因为那时父亲已经去世一年了。

我也是流着眼泪婉谢母亲这份好意的。到上海后不久，就由同学介绍熟悉的表店，买了一只价廉物美的不锈钢手表。每回深夜伏在小桌上写信给母亲时，就会看着手表写下时刻。我写道："妈妈，现在是深夜一时，您睡得好吗？枕头底下的金手表，您要时常上发条，不然的话，停止摆动太久，它会生锈的哟。"母亲的来信总是叔叔代写，从不提手表的事。我知道她只是把它默默地藏在心中，不愿意对任何人说的。

大学四年中，我也知道母亲身体不太好。她竟然得了不治之症，我一点都不知道，她生怕我读书分心，叫叔叔瞒着我。我大学毕业留校工作，第一个月薪水就买了一只手表，要送给母亲，也是金色的。不过比父亲送的那只江西老表要新式多了。

那时正值对日抗战，海上封锁，水路不通，我于天寒地冻的严冬，千辛万苦从旱路赶了半个多月才回到家中，只为拜见母亲，把礼物献上。没想到她老人家早已在两个月前，默默地逝世了。

这份锥心的忏悔，实在是百身莫赎。孔子说："父母在，不远游。"我是不该在兵荒马乱中，离开衰病的母亲远去上海念书的。她挂念我，却不愿我知道她的病情。慈母之爱，昊天罔极。几十年来，我只能努力好好做人，但又何能报答亲恩于万一呢？

我含泪整理母亲的遗物，发现那只她最宝爱的金手表，无恙地躺在丝绒盒中，放在床边抽屉里。指针停在一个时刻上，但绝不是母亲逝世的时间。因为她平时就不记得给手表上发条，何况在沉重的病中！

手表早就停摆了，母亲也弃我而去了。有很长一段时间，我不忍心去开发条，拨动指针。因为那究竟是母亲在日，它为她走过的一段旅程，记下的时刻啊。

没有了母亲以后的那一段日子，我恍恍惚惚的，只让宝贵光阴悠悠逝去。在每天二十四小时中，竟不曾好好把握一分一刻。有一天，我忽然省悟，徒悲无益，这绝不是母亲隐瞒自己病情，让我专心完成学业的深意，我必须振作起来，稳定步子向前走。

于是我抹去眼泪，取出金手表，开紧起发条，拨准指针，把它放在耳边，仔细听它柔和有韵律的嘀嗒之音。仿佛慈母在对我频频叮咛，心也渐渐平静下来。

我把从上海为母亲买回的表和它放在一起，两只表都很准确。不过都不是自动表，每天都得上发条。有时忘记上它们，就会停摆。

时隔四十多年，随着时局的紊乱和人事的变迁，两只手表都历尽沧桑，终于都不幸地离开了我的身边，不知去向了。

现在我手上戴的是一只普普通通的不锈钢自动表，式样简单，报时还算准确。但愿它伴我平平安安地走完以后的一段旅程吧！

去年我的生日，外子却为我买来一只精致的金表，是电子表。他开玩笑说我性子急，脉搏跳得快，表戴在手上一定也越走越快。而且我记性又不好，一般的自动表脱下后忘了戴回去，过一阵子就停了，再戴时又得校正时间，才特地给我买这个表，几年里都不必照顾它，也不会停摆，让我省事点。他的美意，我真是感谢。

自动表也好，电子表也好，我时常怀念的还是那只失落了的母亲的金手表。

有时想想，时光如真能随着不上发条就停摆的金手表停留住，该有多好呢！

妈妈的手

忙完了一天的家务，感到臂膀一阵阵地酸痛，靠在椅子里，一边看报，一边用右手捶着自己的左肩膀。儿子就坐在我身边，他全神贯注在电视的荧光屏幕上，何曾注意到我。我说："替我捶几下吧！"

"几下呢？"他问我。

"随你的便。"我生气地说。

"好，五十下，你得给我五毛钱。"

于是他几拳在我肩上像擂鼓似的，嘴里数着"一、二、三、四、五……"像放连珠炮，不到十秒钟，已满五十下，把手掌一伸："五毛钱。"

我是给呢，还是不给呢？笑骂他："你这样也值五毛钱吗？"他说："那就再加五十下，我就要去写功课了。"我说："免了，免了，五毛钱我也不能给你，我不要你觉得挣钱是这样容易的事。尤其是，给长辈做一点点事，不能老是要报酬。"

他噘着嘴走了。我叹了口气，想想这一代孩子，再也不同于上一代了。要他们鞠躬如也地对长辈杖履追随，已经是不可能的事。所以，作为二十世纪七十年代的中老年人，第一是身体健康，吃得下，睡得稳，做得动，跑得快，事事不要依仗小辈。不然的话，你会感到无限的孤单、寂寞、失望、悲哀。

我却又想起，自己当年可曾尽一日做儿女的孝心？从我有记忆开始，母亲的一双手就粗糙多骨的。她整日地忙碌，从厨房忙到稻田，从父亲的一日三餐照顾到长工的"接力"，一双放大的小脚没有停过。手上满是裂痕，西风起了，裂痕张开红红的小嘴。那时哪来像现在主妇们用的"萨拉脱、新奇洗洁精"等中性去污剂，洗刷厨房用的是强烈的碱水，母亲在碱水里搓抹布，有时疼得皱下眉，却从不停止工作。洗刷完毕，喂完了猪，这才用木盆子打一盆滚烫的水，把双手浸在里面，浸好久好久，脸上挂着满足的笑，这就是她最大的享受。泡够了，拿起来，拉起青布围裙擦干。抹的可没有像现在这样讲究的化妆水、保养霜，她抹的是她认为最好的滋润膏——鸡油。然后坐在吱吱咯咯的竹椅里，就着菜油灯，眯起近视眼，看她的《花名宝卷》。这是她一天里最悠闲的时刻。微弱而摇晃的菜油灯，黄黄的纸片上细细麻麻的小字，就她来说实在是非常吃力，我有时问她："妈，你为什么不点洋油灯呢？"她摇摇头说："太贵了。"我又说："那你为什么不去爸爸书房里照着明亮的洋油灯看书呢？"她更摇摇头说:"你爸爸和朋友们作诗谈学问。我只是看小书消遣,怎么好去打搅他们。"

她永远把最好的享受让给爸爸,给他安排最清净舒适的环境,自己在背地里忙个没完,从未听她发出一声怨言。有时,她真太累了,坐在板凳上,捶几下胳膊与双腿,然后叹口气对我说:"小春,别尽在我跟前绕来绕去,快去读书吧。时间过得太快,你看妈一下子就已经老了,老得太快,想读点书已经来不及了。"

我就真的走开了,回到自己的书房里,照样看我的《红楼梦》《黛玉笔记》。老师不逼,绝不背《论语》《孟子》。我又何曾想到母亲勉励我的一番苦心,更何曾想到留在母亲身边,给她捶捶酸痛的臂膀?

四十年岁月如梦一般消逝,浮现在泪光中的,是母亲憔悴的容颜与坚忍的眼神。今天,我也到了母亲那时的年龄,而处在高度工业化的现代,接触面是如此广,生活是如此匆忙,在多方面难以兼顾之下,便不免变得脾气暴躁,再也不会有母亲那样的容忍,终日和颜悦色对待家人了。

有一次,我在洗碗,儿子说:"妈妈,你手背上的筋一根根的,就像地图上的河流。"

他真会形容,我停下工作,摸摸手背,可不是一根根隆起,显得又瘦又老。这双手曾经是软软、细细、白白的,从什么时候开始,它变得这么难看了呢?也有朋友好心地劝我:"用个女工吧,何必如此劳累呢?你知道吗?劳累是最容易催人老的啊!"可不是,我的手已经不像五年前、十年前了。抹上什么露什么霜也无法使它们丰润如少女的手了。不免想,为什么让自己老得这么快?为什么不雇个女工,给自己多点休息的时间,保养一下皮肤,让自己看起来年轻些?

可是每当我在厨房炒菜,外子下班回来,一进门就夸一声:"好香啊!"孩子放下书包,就跑进厨房喊:"妈妈,今晚有什么好菜,我肚子饿得咕嘟嘟直叫。"我就把一盘热腾腾的菜捧上饭桌,看父子俩吃得如此津津有味,那一份满足与快乐,从心底涌上来,一双手再粗糙点,又算得了什么呢?

有一次,我切肉不小心割破了手,父子俩连忙为我敷药膏包扎,还为我轮流洗碗盘,我应该感到很满意了。想想母亲那时,一切都只有她一个人忙,割破手指,流再多的血,她也不会喊出声来。累累的刀痕,谁又注意到了?那些刀痕,不仅留在她手上,也戳在她心上,她难言的隐痛是我幼小的心灵所不能了解的。我还时常坐在泥地上撒赖①啼哭,她总是把我抱起来,用脸

---

① 撒赖:耍赖;蛮横胡闹。

贴着我满是眼泪鼻涕的脸,她的眼泪流得比我更多。母亲啊!我当时何曾懂得您为什么哭。

我生病,母亲用手揉着我火烫的额角,按摩我酸痛的四肢,我梦中都拉着她的手不放——那双粗糙而温柔的手啊!

如今,电视中出现各种洗衣机的广告,如果母亲还在世的话,她看见了"海龙""妈妈乐"等洗衣机,一按钮子,左旋转,右旋转,脱水,很快就可穿在身上,她一定会眯起近视眼笑着说:"花样真多,今天的妈妈可真乐呢。"可是母亲是一位永不肯偷懒的勤劳女性,我即使买一台洗衣机给她,她一定连连摇手说:"别买,别买,按电钮究竟不及按人钮方便,机器哪抵得双手万能呢!"

可不是吗?万能的电脑,能像妈妈的手,炒出一盘色、香、味俱佳的菜吗?

母心似天空

记得读过一首题名"雨"的诗：

我嚷着要妈妈给糖吃，

从八点吵闹到十二点。

妈妈一声不响地走到窗前，

转过脸来对我说：

天空伤心，所以下雨了。

我看见妈妈的眼泪如雨般落下来，

妈妈，您是天空吗？

我一遍遍地读，想起幼年时，常常仰望天空，看母亲落泪。当时并无意伤母亲的心，如今身为人母，才知道天空中的雨水，原来无有止时。

天空有时晴明万里，有时阴霾密布。可是天空原无一个具体的"我"，只是无边无际地孕育着万物，万物承受雨露滋润，发育成长而不自知。

又有一位诗人写道：

母亲的心，

像针插。

总是默默承当①，

不喊一声痛。

想来这两位诗人，都是最能仰体亲心的子女吧。

有一位母亲叹息似的说："我但愿自己能活一百岁、两百岁，不是贪恋人生，而是想能够一直牵着儿孙的手，带领他们平平安安走完人生的道路。"这就是所谓的"痴心父母古来多"啊！

时至今日，由于西方文明的冲击，"代沟"与"反抗期"等新理论成了做父母的必修课程。成长中的子女，对于父母的"责望"远过于父母望子成龙、望女成凤之心。当年是"天下无不是的父母"，如今是"天下无不是的子女"。青少年犯罪率的日益升高，似乎都由于做父母的不懂得如何了解子女、做子女的朋友；万方有罪，罪在父母。可曾有哪一位游学西方的权威学者，重振

---

① 承当：担当。

一下中国孝悌忠信的固有道德，提醒做子女的无忘父母罔极之恩呢？难道这些子女们长大后，来日不为人父母吗？

父母子女之间，是亲情而不是权利义务，西方人虽然强调权利义务，但也并不忽视亲情。我旅居美国三年，与左右邻居老一辈的为友，也和他们的年轻一代为友。我发现他们之间彼此的关怀爱顾，反远过于少数中国家庭年轻夫妇对老人的态度，这真叫我既惊奇又感慨。我左邻的一个十几岁的小女孩，每天骑着单车挨家送完晨报以后，都推着她坐轮椅的祖母出来遛狗散步。祖孙之间脸上的快乐笑容，正表示她们真心真意地息息相关。可是有一家中国家庭，却把老病的母亲丢在家中，夫妇外出旅行。我们中国的传统道德到哪里去了？真叫我这个守旧的中国人，无言向老美解释。

我旅行爱荷华农庄，探望一位美国老友时，正逢她女儿生日。母亲兴冲冲地忙着为女儿做蛋糕，女儿却笑吟吟地为母亲献上一束芬芳的康乃馨，一张自制的丝质贺卡上写着："亲爱的爸爸妈妈，每到我生日，我更感谢你们、想念你们。尤其在我自己做了妈妈以后。因为你们给了我这么完美的生命、这么丰富的智慧、这么幸福的人生。爸爸、妈妈，我爱你们，永远永远。"

母亲读着卡片，欣慰得泪如雨下，我在一边也禁不住泪水盈眶。她抹去眼泪对我说："记得我曾在信中对你说过吗？'儿女幼年时,踩在你脚尖上,长大了却踩在你心尖上。'可是到了儿子成人、女儿出嫁以后,我愈来愈感到不是这样。我们父母子女永远是心连心,互爱互赖。"

听了她的话,我好感动,也好感慨。我不忍心告诉她我们台湾青少年今日的心态。我只给她讲了自己小时候的一个故事。

我五岁时坐在母亲怀中,母亲在和姑妈聊天,没有像平时似的搂得我那么紧,我忽然心生妒意,用手帕把自己的小小食指使力地缠绕起来,缠得指尖发紫,然后放声大哭。我的目的只是要母亲注意我,全心全意对我。母亲急忙把手帕解开时,小食指尖已紫得跟樱桃似的,母亲连忙把它放在口中吮啜,软软的舌头包卷住指尖,好暖好暖。我仰头望母亲,母亲的泪水一颗颗掉下来,可是脸上却带着笑,因为她看我已经不哭了。

我当时虽只是五岁的孩子,却已经不只踩在母亲的脚尖上,而是踩在她的心尖上了。和朋友叙述这个幼年故事时,又忽然想起那位诗人的句子:"天空伤心,所以落下雨了。妈妈,您是天空吗?"我把这几句诗,和那首"针插"的诗都口译给她听,她莞尔而笑。她说:"我深深懂得,你们中国人最重亲恩,才会有这样感人的诗。"她又告诉我,他们把八十岁老母送进养老院,是因为那儿的一切医疗设备比家中更完善,而不是疏离她。他们夫妻隔日必轮流去探望她一次,把刚出生的孙女的照片带给她看，让她享受四代同堂的幸福。谁说美国不重亲情呢？

我曾请教一位少年辅导所的负责人，他是一位黑人。我说："两代之间，真有代沟的存在吗？"他咧开大嘴坦诚地笑笑说："代沟如同一级一级的楼梯，父母亲向下走，子女们向上走。彼此伸手相扶，那是一种和谐协调的幸福而不是问题。"他又耸耸肩幽默地说："我们美国的学者专家们把所谓的代沟看得太严重了。难道你们中国也这么严重吗？我没有受过高深的教育，我只记得父母亲有多爱我，我有多爱我的子女，所以我更爱我的父母亲，我的子女们也更爱我。"

难道拥有几千年孝悌忠信文化的古中国，还得倒过来向西方学习吗？

我又想起《雨》那首诗：

天空伤心，所以落雨了。
我看见妈妈的眼泪如雨般落下来，
妈妈，您是天空吗？

写于六月九日

爸爸教我们读诗

爸爸是个军人。幼年时,每回看他穿着笔挺的军装,腰佩银光闪闪的指挥刀,踩着"喀嚓、喀嚓"的马靴,威风凛凛地去司令部开会,我心里很害怕,生怕爸爸又要去打仗了。我对大我三岁的哥哥说:"爸爸为什么不穿长袍马褂呢?"

爸爸穿上长袍马褂,就会坐轿子回家,在大厅停下来,笑容满面地从轿子里出来,牵起哥哥和我的手,到书房里唱诗给我们听,讲故事给我们听。

一讲起打仗的故事,我就半捂起耳朵,把头埋在爸爸怀里,眼睛瞄着哥哥。哥哥边听边表演:"'砰砰砰',孙传芳的兵倒下去了。"爸爸拍手大笑,我却跺脚喊:"不要'砰砰砰'地开枪嘛!我要爸爸讲白鹤聪明勇敢的故事给我听。"

"白鹤"是爸爸的坐骑白马。它英俊挺拔,一身雪白的毛,爸爸骑了它飞奔起来,像腾云驾雾一般。所以爸爸非常宠爱它,给他取名叫"白鹤"。

一提白鹤,哥哥当然高兴万分。马上背起爸爸教他的对子:"天

半朱霞,云中白鹤,湖边青雀,陌上紫骝。"我不喜欢背对子,也没见过青雀与紫骝是什么样子。我喜欢听爸爸唱诗,也学着他唱:

慈母手中线,游子身上衣……
床前明月光,疑是地上霜……

我偏着头想了一下,问爸爸:"床前明月怎么会像霜呢?屋子里怎么会下霜呢?"

爸爸摸摸我的头,笑嘻嘻地说:"屋子里会下霜,霜有时还会积在老人的额角上呢。你看二叔额角上,不是有雪白的霜吗?"

哥哥抢着说:"我知道,那叫作鬓边霜,是比方老人家头发白了跟霜一样呀!"

爸爸听得好高兴,拍拍哥哥说:"你真聪明,我再教你们两句诗:风吹古木晴天雨,月照沙洲夏夜霜。"

他解释道:"风吹在老树上,发出沙沙的声音,就像下雨一般。月光照在沙洲上,把沙照得雪白一片,就像霜。但那不是真正的雨、真正的霜,所以诗人说是'晴天雨''夏夜霜'。你们说有趣不有趣?"

哥哥连连点头，深深领会的样子，我却听得像只呆头鹅。我说："原来读诗像猜谜，好好玩啊！我长大以后，也要作谜语一样的诗给别人猜。"

爸爸却接着说："作诗并不是作谜语，而是把眼里看到的，心里想的，用很美的文字写出来，却又不明白说穿，只让别人慢慢地去想，愈读愈想愈喜欢，这就是好诗了。"

我听不大懂。十岁的哥哥却比我能领会得多。他就摇头晃脑地唱起来了，调子唱得跟爸爸的一模一样。

在我心里，哥哥是位天才。可惜他只活到十三岁就去世了。如果他能长大成人的话，一定是位大诗人呢！

光阴已经逝去了半个多世纪，爸爸和哥哥在天堂里，一定时常一同吟诗唱和，不会感到寂寞吧！

我是多么多么想念他们啊！

外 公

　　幼年过春节时，我最最盼望的是住在深山里的外公，一定会在腊月二十三日送灶神前一天赶到，过了正月初十才回去。

　　外公不坐轿子，是自己背着一个大布袋走山路来的，他走到时连大气都不喘一口。大布袋里除了他亲手种的甜山薯以外，就是在山上采的各种草药，一捆捆像枯藤似的。他说百草治百病，说我母亲忙得脚后跟痛，要吃草药补一下；我越长越瘦，也要吃药补一下。草药熬成汤，加一种树胶和红糖结成冻，每天早晚喝一汤匙，百病消除。

　　母亲忙得老是忘记喝，我却绝不会忘记，因为草药甜甜的真好吃。母亲说："过年过节的，吃什么药呀？"外公说："这是仙丹，不是药。"于是外公放下大布袋，就找柴刀砍草药。长工阿荣伯连忙帮他砍，他好喜欢外公，因为他们下棋有伴了。

　　阿荣伯找了个大瓦罐，生起荧荧的炭火，帮外公熬草药。旁边摆一张小桌，他俩就对坐下来下乞丐棋。我一会儿靠在外公怀里，一会儿靠在阿荣伯怀里。瓦罐里的药香一阵阵透出来，母亲蒸红枣糖年糕的香味也一阵阵透出来，两种香味和在一起，使我感到好温暖、好快乐。

我连连问母亲可以吃几块糖年糕，母亲说："是祭祖的，不许问。"

外公笑嘻嘻地说："先喝了仙丹草药，再吃糖年糕，就不会隔食（不消化）了。"

阿荣伯不爱吃蒸的年糕，总是啃冷年糕，边啃边下棋，但每盘都输给外公。口袋里的铜钱都跑到外公面前，不一会儿，外公的铜钱又都跑到我口袋里了——不是我偷的，是外公悄悄地放到我口袋里的。他在我耳朵边轻声地说："去买鞭炮来放，放一串，长一寸，连仙丹草药都不用吃了。"

阿荣伯偏偏说外公的草药不灵，没想到他边说肚子就边痛起来，痛得棋子都滚落在泥地上找不到了。他只得弯腰屈背地向外公求救。外公马上倒一大碗草药给他灌下去，不到半个钟头就不痛了。他只好承认外公是神仙，草药是仙丹。

家庭教师说："两位老人相对下棋，边上摆一个瓦罐熬药，真像是一对神仙。神仙下一盘棋，凡界就是几百年、几千年哩。"

外公摸摸胡子说："凡界与神仙有什么两样？活得健旺、快乐，心肠好，就是神仙。活得八病九痛的，心里愁这愁那，就是凡界了。"

母亲听了皱起眉头说:"我心肠蛮好的,却是东痛西痛,做不了神仙,是什么道理?"

外公说:"因为你太会愁了。愁北京我的女婿没信来,愁我老了走不动山路,愁女儿吃不下饭长不大。这样地多愁,怎么做得神仙?"

阿荣伯接口说:"她还愁猪圈里的猪娘生猪崽赶不上好时辰呢。"听得外公呵呵大笑。

母亲笑骂阿荣伯:"你不要笑我,你做酒不是也要拣好日子吗?你那回扭了腰,不是要我念观世音菩萨保佑你快快好吗?"

阿荣伯连连点头说:"对,对。"

外公还有满肚子的笑话要讲给我听。他坐在荧荧的火盆边,吃着香喷喷的烤山薯,就开始讲故事。全家大小都围着他,连长工们都没心思赌钱,放下骰子和骨牌,一起来听外公讲故事和笑话。

有的笑话,我都听过好多遍了,但我仍咯咯地笑得前仰后合,决不说:"这个我听过了。"因为外公对我说过:"别人讲故事,不管你有没有听过,你都要好好地听,因为还有没听过的人呢!你若说自己听过了,说的人就没意思讲下去了。你的老师不是对你讲过吗?好的书要读了又读,背了又背,才会明白里面的道理,听故事和笑话也是一样啊!"

外公用他的山乡调子讲，听来特别有味道，我也会学着他的调子讲一遍，听得外公笑呵呵。

那时外公七十多岁，我才七岁。如今我也七十多岁了，而我那时偎依在外公身边，围炉听故事的情景，好像就在眼前。

外公讲的故事和笑话，我统统都还记得，我有时讲给朋友听，有时讲给老伴听。他常说："听过了，听过了。"我说："听过了也要听，外公说的，听一遍有一遍的道理。"他说："有的故事，真的好好听，你为什么不讲给邻居的小朋友们听呢？"

我想对呀！于是我就把邻居几位要好的小朋友们请来。小洋人们坐在地毯上，团团地围着我，我就卷起舌头，用浅近的英语连说带比画地把最最有趣的几个故事讲给他们听，逗得他们笑得好开心。

想起自己小时候，听外公讲故事，我咯咯咯笑得咧开缺了大门牙的嘴，那幅快乐情景，就在眼前。如今，却变成我这个老奶奶，在给小朋友们讲故事了。心里一阵温馨，觉得自己一点也没老呢！

一对金手镯

我心中一直有一对手镯,是软软的赤金色,一只套在我自己手腕上,另一只套在一位异姓姊姊却亲如同胞的手腕上。

她是我乳娘的女儿阿月,和我同年同月生,她是月半,我是月底,所以她就取名阿月。母亲告诉我说:周岁前后,这一对"双胞胎"就被拥抱在同一位慈母怀中,挥舞着四只小拳头,对踢着两双小胖腿,吮吸丰富的乳汁。是因为母亲没有奶水,把我托付给三十里外乡村的乳娘,吃奶以外,每天一人半个咸鸭蛋,一大碗厚粥,长得又黑又胖。一岁半以后,伯母坚持把我抱回来,不久就随母亲被接到杭州。这一对"双胞姊妹"就此分了手。临行时,母亲把舅母送我的一对金手镯取出来,一只套在阿月的手上,一只套在我手上,母亲说:"两姐妹都长命百岁。"

到了杭州,大伯看我像黑炭团,塌鼻梁加上斗鸡眼,问伯母是不是错把乳娘的女儿抱回来了。伯母生气地说:"她亲娘隔半个月都去看她一次,怎么会错?谁舍得把亲生女儿给了别人?"母亲解释说:"小东西天天坐在泥地里吹风晒太阳,怎么不黑?

斗鸡眼嘛，一定是两个对坐着，白天看公鸡打架，晚上看菜油灯花，把眼睛看斗了，阿月也是斗的呀。"说得大家都笑了。我渐渐长大，皮肤不那么黑了，眼睛也不斗了，伯母得意地说："女大十八变，说不定将来还会变观音面哩。"可是就我究竟是我还是阿月，仍常常被伯母和母亲当笑话谈论着。每回一说起，我就吵着要回家乡看"双胞姊姊"阿月。

七岁时，母亲带我回家乡，第一件事就是去看阿月，把我们两个人谁是谁搞个清楚。乳娘一见我，眼泪扑簌簌直掉，我心里纳闷，你为什么哭？难道我真是你的女儿吗？我和阿月各自依在母亲怀中，远远地对望着，彼此都完全不认识了。我把她从头看到脚，觉得她没我穿得漂亮，皮肤比我黑，鼻子比我还扁，只是一双眼睛比我大，直瞪着我看。乳娘过来抱我，问我记不记得吃奶的事，还絮絮叨叨说了好多话，我都记不得了。那时心里只有一个疑团，一定要直接跟阿月讲。吃了鸡蛋粉丝，两个人不再那么陌生了，阿月拉着我到后门外矮墙头坐下来。她摸摸我的粗辫子说："你的头发好乌啊。"我也摸摸她细细黄黄的辫子说："你的辫子像泥鳅。"她啜了下嘴说："我没有生发油抹呀。"我连忙从口袋里摸出个小小瓶子递给她说："哦，给你，香水精。"她问："是抹头发的吗？"我说："头发、脸上、手上都抹，好香啊。"她笑了，她的门牙也掉了两颗，跟我一样。我顿时高兴起来，拉着她的手说："阿月，妈妈常说我们两个换错了，你是我，我是你。"她愣愣地说："你说什么我不懂。"我说："我们一对不是像双胞胎吗？大妈和乳娘都搞不清楚是谁了，也许你应当到我家去。"她呆了好半天，忽然大声地喊："你胡说，你胡说，我不跟你玩了。"就掉头飞奔而去，把我丢在后门外，我骇得哭起来了。母亲跑来带我进去，怪我做客人怎么跟姊姊吵架，我愈想愈伤心，哭得抽抽噎噎的说不出话来。乳娘也怪阿月，并说："你看小春如今是官家小姐了，多斯文呀。"听她这么说，我心里好急，我不要做官家小姐，我只要跟阿月好。阿月鼓着腮，还是好生气的样子。母亲把她和我都拉到怀里，捏捏阿月的胖手，她手上戴的是一只银镯子，我戴的是一双金手镯，母亲从我手上脱下一只，套在阿月手上说："你们是亲姊妹，这对金手镯，还是一人一只。"我当然已经不记得第一对金手镯了。乳娘说："以前那只金手镯，我收起来等她出嫁时给她戴。"阿月低下头，摸摸金手镯，它撞着银手镯叮叮作响。乳娘从蓝衫里掏了半天，掏出一个黑布包，打开取出一块亮晃晃的银元，递给我说："小春，乳娘给你买糖吃。"我接在手心里，还是暖烘烘的，眼睛看着阿月，阿月忽然笑了。我好开心。两个人再手牵手出去玩，我再也不敢提"两个人搞错"那句话了。

　　我在家乡待到十二岁才再去杭州，但和阿月却不能时常在一起玩。一来因为路远，二来她要帮妈妈种田、砍柴、挑水、喂猪，做好多好多的事，而我天天要背古文、《论语》、《孟子》，不能自由自在地跑去找阿月玩。不过逢年过节，不是她来就是我去。我们两个肚子都吃得鼓鼓的，跟蜜蜂似的，彼此互赠了好多礼物：她送我用花布包着树枝的坑姑娘（乡下女孩子自制的玩偶）、小溪里捡来的均匀的圆卵石、细竹枝编的戒指与项圈；我送她大英牌香烟盒、水钻发夹、印花手帕；她教我用指甲花捣出汁来染指甲。两个人难得在一起，真是玩不厌地玩，说不完地说。可是我一回到杭州以后，彼此就断了音信。她不认得字，不会写信。我有了新同学也就很少想到她。有一次听英文老师讲马克·吐温的双胞胎弟弟在水里淹死了，马克·吐温说："淹死的不知是我还是弟弟。"全课堂都笑了。我忽然想起阿月来，写封信给她也没有回音。分开太久，是不容易一直记挂着一个人的。但每当整理抽屉，看见阿月送我的那些小玩意时，心里就有点怅怅惘惘的。年纪一天天长大，尤其自己没有年龄接近的姊妹，就不由得时时想起她来。母亲双鬓已斑，乳娘更显得白发苍颜。乳娘紧握我双手，她的手是那么粗糙，那么温暖。她眼中泪水又滚落，只是喃喃地说："回来了好，回来了好，总算我还能看到你。"我鼻子一酸，也忍不住哭了。阿月早已远嫁，正值农忙，不能马上来看我。十多天后，我才见到渴望中的阿月。她背上背着一个孩子,怀中抱着一个孩子,一袭花布衫裤,像泥鳅似的辫子已经翘翘地盘在脑后,原来十八岁的女孩已经是两个孩子的母亲。我一眼看见她左手腕戴着那只金手镯,而我却嫌土气没有戴,心里很惭愧。她竟喊了我一声:"大小姐,多年不见了。"我连忙说:"我们是姊妹,你怎么喊我大小姐?"乳娘说:"长大了要有规矩。"我说:"我们不一样,我们是吃您奶长大的。"乳娘说:"阿月的命没你好,她十四岁就做了养媳妇,如今都是两个女儿的娘了。只巴望她肚子争气,快快生个儿子。"我听了心里好难过,不知怎么回答才好,只得说请她们随我母亲一同去杭州玩。乳娘连连摇头说:"种田人家哪里走得开?也没这笔盘缠呀。"我回头看看母亲,母亲叹口气,也摇了下头,原来连母亲自己也不想再去杭州,我感到一阵茫然。

当晚我和阿月并肩躺在大床上,把两个孩子放在当中,我们一面拍着孩子,一面琐琐屑屑地聊着别后的情形。她讲起婆婆嫌她只会生女儿就掉眼泪,讲起丈夫,倒露出一脸含情脉脉的娇羞,真祝望她婚姻美满。我也讲学校里一些有趣顽皮的故事给她听,她有时咯咯地笑,有时眨着一双大眼睛出神,好像没听进去。我忽然觉得我们虽然靠得那么近,却完全生活在两个世界里,我们不可能再像第一次回家乡时那样一同玩乐了。我跟她说话的时候,都得想一些比较普通,不那么文绉绉的字眼来说,不能像跟同学一样，嘻嘻哈哈，说什么马上就懂。我呆呆地看着她的金手镯，在橙黄的菜油灯光里微微闪着亮光。她爱惜地摸了下手镯，自言自语着："这只手镯，是你小时回来那次，太太给我的。周岁给的那只已经卖掉了。因为爸爸生病，没钱买药。"她说的太太指的是我母亲。我听她这样称呼，觉得我们之间的距离又远了，只是呆呆地望着她没作声。她又说："爸爸还是救不活，那时你已去了杭州，只想告诉你却不会写信。"她爸爸什么样子，一点印象都没有，只是替阿月难过。我问她："你为什么这么早就出嫁？"她笑了笑说："不是出嫁，是我妈叫我过去的。公公婆婆借钱给妈做坟，婆婆看着我还会帮着做事，就要了我。"说这些话的时候，她的眼睛一直半开半闭的，好像在讲一个故事。过了一会儿，她睁开眼来，看看我的手说："你的那只金手镯呢？为什么不戴？"我有点愧赧，讪讪地说："收着呢，因为上学不能戴，也就不戴了。"她叹了口气说："你真命好，能去上学，我是个乡下女人。妈说的一点不错，一个人注下的命，就像钉下的秤，一点没得翻悔。"我说："命好不好是由自己争的。"她说："怎么跟命争呢？"她神情有点黯淡，却仍旧笑嘻嘻的。我想如果不是自己一同吃她母亲的奶，她也不会有这种比较的心理，所以还是别把这一类的话跟她说得太多，免得她知道太多了，以后心里会不快乐的。人生的际遇各自不同，我们虽同在一个怀抱中吃奶，我却因家庭背景不同，有机会受教育。她呢？能安安分分，快快乐乐地做个孝顺媳妇，勤劳妻子，生儿育女的慈爱母亲，就是她一生的幸福了。我虽然知道和她生活环境距离将日益遥远，但我们的心还是紧紧靠在一起，彼此相通的。因为我们是"双胞姊妹"，我们吮吸过同一位母亲的乳汁，我们的身体里流着相同成分的血液，我们承受的是同等的爱。想着这些，我忽然止不住泪水纷纷地滚落。因为我即将到杭州续学，虽然有许多同学，却没有一个曾经拳头碰拳头、脚碰脚的同胞姊妹。可是我又有什么能力接阿月母女到杭州同住呢？

婴儿哭啼了，阿月把她抱在怀里，解开大襟给她喂奶。一手轻轻拍着，眼睛全心全意地注视着婴儿，一脸满足的眼神。我真难以相信，眼前这个比我只大半个月的少女，曾几何时，已经是一位完完全全成熟的母亲。而我呢？除了啃书本，就只会跟母亲别扭，跟自己生气，我感到满心的惭愧。

阿月已很疲倦，拍着孩子睡着了。乡下没有电灯，屋子里暗洞洞的。只有床边菜油灯微弱的灯花摇曳着，照着阿月手腕上黄澄澄的金手镯。我想起母亲常常说，两个孩子对着灯花把眼睛看斗了的笑话，也想起小时回故乡，母亲把我手上一只金手镯脱下，套在阿月手上时慈祥的眼神，真觉得我和阿月是紧紧扣在一起的。我望着菜油灯灯盏里两根灯草芯，紧紧靠在一起，一同吸着油,燃出一朵灯花,无论多么微小,也是一朵完整的灯花。我觉得和阿月正是那朵灯花,持久地散发着温和的光和热。

阿月第二天就带着孩子匆匆回去了。仍旧背上背着大的,怀里搂着小的,一个小小的妇人,显得那么坚强那么能负重任。我摸摸两个孩子的脸,大的向我咧嘴一笑,婴儿睡得好甜,我把脸颊亲过去,一股子奶香,陡然使我感到自己也长大了。我说:"阿月,等我大学毕业,做事挣了钱,一定接你去杭州玩一趟。"阿月笑笑,大眼睛湿润了。母亲忽然想起一件事来,急急跑上楼,取来一样东西,原来是一个小小的银质铃铛,她用一段红头绳把它系在婴儿手臂上,说:"这是小春小时候戴的,给她吧。等你生了儿子,再给你打个金锁片。"母亲永远是那般仁慈、细心。

我再回到杭州以后,就不时取出金手镯,套在手臂上对着镜子看一回,又取下来收在盒子里。这时候,金手镯对于我来说,已不仅仅是一件纪念物,而是紧紧扣住我和阿月这一对"双胞姊妹"的一样摸得着、看得见的东西。我怎么能不宝爱它呢!

可是战时大学肄业,学费无着,以及毕业后转徙流离,为了生活,万不得已中,金手镯竟被我一分分、一钱钱地剪去变卖,化作金钱救急。到台湾之初,我花去了金手镯的最后一钱,记得当我拿到银楼去换现款的时候,竟是一点感触也没有,难道是离乱丧亡,已使此心麻木不仁了?

与阿月一别已将半世纪，母亲去世已三十五年，乳娘想亦不在人间，金手镯也化为乌有了。可是年光老去，忘不掉的是点滴旧事，忘不掉的是梦寐中的亲人。阿月，她现在究竟在哪里？她过的是什么样的日子呢？她的孩子又怎样了呢？她那只金手镯还能戴在手上吗？

但是，无论如何，我心中总有一对金手镯，一只套在我自己手上，一只套在阿月手上，那是母亲为我们套上的。

父亲的两位知己

父亲生平有两位最知己的好友,一位杨雨农伯伯,一位刘景晨伯伯。他们都住在县城里,离我们乡下有三十里水路。那时交通不便,又无电话可通。好友想见面并不太容易。每回只要听到父亲用极感人的音调,朗朗地吟起诗来,就知道他又在想念两位好友了。两位伯伯也心有灵犀,尽可能联袂下乡来和父亲欢聚。杨伯伯谈兴高,刘伯伯酒量宏,父亲虽不善饮,也为好友小酌半杯助兴,大家都笑逐颜开起来。慈爱的杨伯伯逗我玩时,我的小手就伸到他黑马褂口袋里掏巧克力糖,那是他老人家特地给我买的,我曾悄悄地问他:"杨伯伯,我听爸爸称刘伯伯冠三兄,向朋友介绍时,就称他贞晦先生,为什么他有三个名字,您只有一个名字呢?"杨伯伯笑眯眯地说:"我的名字是振炘,雨农就是我的号。你刘伯伯要作诗、写文章,又要画梅花,所以要多用一个别号。"妈妈在一旁笑道:"你杨伯伯的大名是响当当的哟!他是温州商会会长、县立中学与瓯海医院董事,又是各慈善社团的高级顾问,他急公好义,热心助人,一提杨伯伯的大名,谁人不知呢？"杨伯伯只是微笑。我仰起头来望着他，他乌黑的八字胡须托着圆圆大大的鼻子。爸爸常常夸他鼻如熊胆，显出一脸正直之气。我觉得他笑眯眯的，更显得一脸的慈祥呢。

刘伯伯却不大笑，他总是端端正正地坐着，一对眼睛瞪得大大地看着我，命我背《诗经》、唐诗给他听。我战战兢兢地背了一首又一首，他只眼观鼻、鼻观心地点点头，并没有夸奖我背得没错，也没赏我巧克力糖吃。他就是那么严肃，只有在喝酒的时候，才谈笑风生起来。父亲赠他从上海带回的名牌洋酒，他只打开闻闻，并不怎么喜欢，却特别欣赏母亲用陈年老酒蒸出来的"老酒汗"。他说："老酒汗碰到鼻子尖，五脏六腑都会通畅起来，那才是真正的好酒哪。"听得母亲好高兴，哪怕他一顿饭要吃上两个钟头，她都有耐心一再为他添菜。因为她最最欣慰的是看到父亲和两位老友谈心、开怀欢笑的神情。

风趣的杨伯伯看刘伯伯已醉态惺忪，就命我取纸笔红朱来，请刘伯伯即兴画梅题诗留念，刘伯伯却摸摸胡须说："酒还未醉，诗兴还没来。"父亲回头看窗外盛开的红梅，随口吟道："雪梅已是十分春，却笑晨翁诗未成。"刘伯伯也看看窗外，接口道："高格孤芳难着墨，无如诗酒两忘清。"他们一唱一和，我在一旁听得发呆，心里却好佩服。

酒后的刘伯伯，已不那么严肃了，我就趁机会要求道："伯伯，请您教我画梅花好吗？"他摸摸胡须说："你想学画梅花，就一定先要临碑帖，要有恒心地天天习字，字有根基以后，才能学画梅花，因为梅花的枝干就好像篆隶的笔磔，花朵却像行草的弯曲柔美，在柔美中透出韵致，也表现了一个人的真性情。"刘伯伯把画梅花的道理说得这般高深，我听来实在不懂。想想老师总是责骂我不肯用心习字，字写得像八脚蟹满纸爬，哪里还能画梅花呢？

我问刘伯伯："最得意的咏梅诗是哪一首呢？"他沉吟了一下说："还没作出来呢！"再问他画得最得意的梅花是哪一幅，他摸摸头说："还没画出来。"他放下酒杯，牵起我的手，慈祥地说："你要知道，读书、作诗、画画，都是永无止境的。这就是苟日新，日日新，又日新的道理。你懂吗？"

伯伯的诲谕，我当时听了只是茫茫然，长大以后才日益有所领悟。

我最最快乐的事是由父亲带着到城里杨伯伯家去做客。杨宅府第好大，好像是两幢房子相毗连，一幢是他们家居住，一幢供亲友留宿，并开放给游客观赏。亭台院落，树木青葱。我常与杨宅小朋友们在曲折的假山楼树丛中玩捉迷藏游戏，慈爱的杨伯母，给我口袋里装满了糖果，端张矮凳叫我坐在她身边，听她慢条斯理地讲故事。她与杨伯伯一样，也是那样地和霭，慷慨，乐于助人，所以杨宅里经常是高朋满座，一派欣欣向荣的气象。

最令人敬佩的是伯伯与伯母事亲至孝，无论多忙，必定每日向太夫人晨昏定省，垂手恭听诲谕。太夫人午睡时间，全府上下必然鸦雀无声，深恐惊醒老人家，想见杨伯伯以孝治家之感人。

我十岁以后被带到杭州求学，就很少有机会与两位伯伯见面了。直到抗战第二年，全家避乱重返故乡，始得与两位伯伯重聚。不幸的是父亲因肺疾一病不起，一年后竟撒手西归了。我在极度悲痛中整理父亲的书札遗稿，发现他有三首赠两位伯伯的诗，竟以病笃未能寄出。其一云：

> 久别喜重逢，况于大乱中。
> 谁逃争战祸，各慰起居同。
> 杯酒传清话，围炉叙曲衷，
> 独嫌离别速，一饭太匆匆。

父亲是位军人，戎马倥偬中，未遑学诗，而此诗情辞恳挚，饱含无限知己之感，令我悲痛的是"独嫌离别速，一饭太匆匆"二句，竟成谶语。伯伯读故人遗作，焉得不泪下沾襟。

我听从两位伯伯的劝谕，不得不于战乱中拜别慈母，再赴沪继续大学学业。卒业后因太平洋战争爆发，海上交通被日军水雷封锁，不得不滞留上海，在母校任中文系助教，半年后惊闻母亲病笃，乃冒万险绕旱路奔回家中，竟不及见慈母最后一面。人间哀痛，何有甚于此者！

祸不单行的是乡下老屋书房，竟遭日机炸毁一角，先父藏书都被炸得残缺不全，因知杨伯伯早已将他的全部藏书字画碑帖等捐赠籀园图书馆，乃遵他老人家指示，将有限余书，也捐赠该馆，为先人留点纪念。

岁月匆匆，出于局势与人事的变迁，竟与两位伯伯音书阻绝数十年，仰望云天，曷胜慨叹。如今我也是垂暮之年，回首前尘，两位老人家的笑貌音容，仍不时浮现心头。聊可宽慰的是父亲与两位知音得以在天堂中长相聚首，诗酒言欢，畅谈今昔，再也不会有"一饭太匆匆"的遗憾了。

 第三辑　敦淳之交·师生情

万水千山师友情

我手中捏着一把长不及五寸的短剑，但只要向前轻轻一挥，就唰唰唰地伸长为三尺，亮晃晃的，真像是一把龙泉青霜剑呢。设计得如此精巧，是为了出门携带方便。它不是防身武器，而是一支供把玩也供锻炼身体的"宝剑"。

在我心目中，它确实是一把"宝剑"，因为它是我阔别了整整半个世纪的老友王思曾所赠。

对着闪亮的宝剑，我的思绪穿越了五十年的时光隧道，回到了故乡永嘉县。那时我在永嘉县立中学任高一国文老师，王思曾则是高二学生。两间教室紧靠着。下课后，王思曾常与高二好几位同学来与我谈文论艺。

高二的国文是夏瞿禅老师教的。那时是抗战初期，瞿禅师因杭州之江大学解散，回到故乡，也被县中校长聘来教国文。江南第一大词人教中学国文，自是大材小用，但却是县中的无上光荣。我本来就是瞿禅师的学生，师母出于关爱，特嘱我从简陋的学校宿舍搬出，住到瞿禅师寓所的楼下厢房。因此每天上课，我们师生常是一同步行到学校。遇有大叠作文簿时,王思曾必然是弟子服其劳,代为捧来捧去。亦步亦趋的祖孙三代师生情,一时传为美谈。

谢邻弦歌

瞿禅师的寓所坐落在典雅幽静的谢池巷,那是由于曾任永嘉太守的谢灵运梦中得句"池塘生春草"而命名。所以瞿禅师在住宅大门横额上题了"谢邻"二字,格外引人向往。

最难得的是楼下正屋还住着瞿禅师的好友吴天伍先生和他的妹妹吴闻女士。天伍先生是乐清闻名的大诗人,妹妹吴闻也是博古通今的才女。天伍先生才高洒脱,兴来时常于走廊里散步,高声朗吟自己的得意之作,我也随着学唱他的乐清调。王思曾也是乐清人,我们几个人一同唱起来,自是格外悦耳。夏师母听得高兴起来,就亲自下厨为我们炒两大盘香喷喷的肉丝米粉。瞿禅师边吃边赞美,学着新文艺腔,低声对师母说:"好妻子,谢谢你。"然后打开话匣子,就有说不完的掌故,唱不完的诗篇。

谢池弦歌之声，遐迩俱闻

不久浙江大学在龙泉复校，瞿禅师应聘去了龙泉，他的高二国文就由我接教。班上的王思曾和好几位爱好文学的同学，都同我非常接近。他们觉得在课堂里读有限的几首古典诗，不够尽兴，乃于节假日背了黑板到"谢邻"来，大家在光洁的地板上盘膝而坐，由我选出自己最喜爱最有心得的诗词，为他们讲解赏析，也学着瞿禅师的音调带大家朗吟。同学们都认为我唱得铿锵有致，颇得瞿禅师真传。我也因师生情谊之深厚而乐以忘忧。

那时演话剧之风很盛，我是国文老师兼课外活动指导，对话剧很有兴趣，就为同学们编写了一个独幕剧，由王思曾和几位男女同学分任角色，在校庆日演出。此举引发同学们的兴趣，乃请得校长同意，决定演出曹禺的《雷雨》，特请当时知名导演董心铭先生执导，与省立温州中学来个比赛。温中演的是《日出》，那是轰动一时的盛举。记得王思曾是自治会学术股长，请我担任同学讲普通话的指导。在当时刚刚开始文明开放的城市里，我那"字不正腔不圆"的"蓝青官话"，居然还可以指导别人卷起舌头讲"北京话"，自觉得意非凡，真正过了一阵"助理导演"的瘾呢！

无常的聚散

抗战胜利复员①回到杭州，我因照顾家庭，暂在浙江高等法院任职，同时在母校弘道女中兼课。此时王思曾已高中毕业来到杭州计划投考北京大学，因一时宿舍尚无着落，我就介绍他到高院任临时办事员，协助我整理法院与我家中战后散乱的图书。我们师生重逢，又能在一个机关工作，自是非常欣慰。

思曾将凌乱的书籍杂志等，细心整理、分类编目列出表册，依次陈列在书橱中，使同仁们借书阅读时一目了然。他工作之有条不紊，俨然是一个有经验的图书管理员。上司对他的赞赏，我自然也与有荣焉。

那一段日子，我们都读了不少文学以外的书籍，获益至多。后来思曾考取了北京大学，我也因调职去了苏州。一年后局势急转，我就匆匆到了台湾，师生就此失去联络，断了音讯，这一断就是悠悠半个世纪。

天外来书

前年，当一封署名沙里、注明王思曾的信，辗转到达我手

---

① 复原：武装部门和政治、经济、文化等部门从战时状态转入平时状态。

中时，我不由得一阵迷糊恍惚。急急拆开来，果然是那熟悉的字体，和一帧熟悉的照片。沙里，他就是王思曾，我当年的得意门生。

几十年的音书阻绝，而他学生时代的笑语神情，他的诚恳与干练，我们在永嘉县中时师生相处的欢乐情景，一时都涌现眼前。他信中告诉我他是从北京回到故乡，在刚从美国探亲回去的永嘉中学校长处看到我的作品，意外惊喜之下，立刻给我来信。阔别将近五十年，我们又联系上了，这一份欢慰，自是难以言喻的。

嗣后他给我陆续寄来多篇文章，写他回忆在杭州念初中时正值"八一四"中日空战的壮烈情形，写他重访富春江参观郁达夫故居与纪念馆的深沉感想，由于他负责文化宣传工作，足迹几遍全国，因此也写了许多塞外风光。他文笔洗练，内容充实而风趣，阔别四十余年，读其文如见其人。难得的是他对当年我们的师生情谊，仍念念在心。尤使我感动的是他的一篇《泛舟记》，是读我的《词人之舟》一书所引发的感想。他写道："词的本色是婉约、蕴藉与缠绵，常是情景交融。写景处是写情，写情处亦是写景。讲解的是古人作品，也自然融入讲解者的情思……"足见他对古典诗词体会之深。他文中说："四十多年后的今天，我所能忆起的是青年时代的老师。"他又忆起了在中学时代，他和几位爱好文学的同学，还时常到谢池巷夏瞿禅老师的住宅"谢邻"一同听瞿禅师讲学论词，并引了瞿禅师特为我作的一首《减字木兰花》中句："池草飞霞，梦路应同绕永嘉。"无限的离情别绪，凝聚在他的笔端，令人深深感动。悲悼的是瞿禅师作古已忽忽三年，我前年回大陆，因行程匆促，竟不及到杭州千岛湖他的墓园叩头凭吊。

重逢的欣慰

谈起我前年的回大陆，完全是由于思曾的诚意相邀所促成。他的工作单位是一个文化机构，他总希望在他退休前能为我尽一点心意，使我在垂老还乡之日，能多少享受点旅游参观的方便。我感念他的相邀之诚，就答应与老伴趁体力尚健时一同回去，能与阔别如隔世的长辈、亲友们见面，又得以祭拜先人庐墓，也算了却一生心愿。

从行期确定之日起，我就寝食无心，直到登上去北京的飞机，整整二十多小时的行程中，我未能合眼休息。并不是近乡情怯，而是由于一种梦幻成真的恍惚和惶惶不安。即将见面的亲友们，一位位的面容都浮现眼前。世事的风云变幻，都不能影响我们永恒的情谊。人生年寿有限，以我们沧桑历尽，拨云见日的今天，得以飞越关山，享受重逢的欢乐，真不能不感谢上苍待我们之厚。

在北京机场出口处，第一眼看到的是我尚未见过面却通过无数次信的干女儿谢纠纠。她是我大学同学的爱女，她的美丽端庄和照片里一模一样。站在她后面的就是王思曾，依旧是他学生时代那一脸诚恳憨厚的神情。在贵宾接待室里，我们"语无伦次"地说着话，感到的是时光倒流的恍惚。

在北京两周的参观旅游节目，都由思曾细心策划安排，由他的助理齐仪小姐陪同招待。她文静和蔼，办事负责周到，她的平易、亲切尤使我感到轻松自在。更有干女儿谢纠纠嘘寒问暖，与齐小姐一同照顾我们的饮食起居。冰箱里的水果饮料与各种点心，取之不尽，自思几十年来的劳碌命，还真没享受过这样现成丰厚的清福呢。

我们畅游了名胜古迹，当我在九龙壁前摄影时，忽然想起了逝世六十五年的大哥。他那时十二岁，由父亲带着住在北京，也曾在九龙壁前拍过照。他每次写信都盼我到北京和他相见，但以种种原因不能实现愿望。那时候我才七岁，怎么想得到，来北京的梦，直到七十多岁以后才能实现呢。我俯仰低徊在九龙壁前，想起大哥照片里的童年天真神态，人生奄忽，天地悠悠，我内心的怅触哀伤，并非自悲老大或感慨岁月不多，而是怅恨父亲当年为什么不让母亲和我到北京见大哥最后一面呢！但无论如何，我现在总算已到了北京，在大哥脚步走过的地方，低声喊着他，感觉他就在我的身边和我说话，我应该心安了。

此行最欣慰的是会到了梦寐中想见的朋友们。林翘翘、王来棣是当年永嘉中学的学生。她们都亲切地喊着潘老师，活泼健谈一似当年，却都和思曾一样，已是祖字辈的人了。这一点，我这个老朽只好自叹不如了。还有一位赵树玉，是我执教杭州弘道女中的学生，当年聪颖的少女，如今是人民大学的俄文教授。她不时为我送来衣服与食物，生怕我不能适应气候的变化。纠纠的尊翁谢孝苹是一位诗人、古琴家，又写得一手好书法。我与他虽是同门，却是望尘莫及。他多次为我弹奏古琴，他三岁的小外孙女举起小胖手，踮起脚尖跳舞唱歌，使我越发地乐不可支。

另一个意外的惊喜是纠纠的同事陈萃芳，是我之江大学的学长。她是当年的校花，以演抗日名剧《一片爱国心》的女主角红遍杭城。我们一握手之间，都立刻回到了少年时：之江大学情人桥的曲径通幽，钱塘江的朝曦夕晖，曾留下我们多少的旖旎风光和记忆。萃芳姐特别安排了之江大学的各位学长与我共餐欢聚，殷殷相约后会之期。

浓郁的师友之情，使我永铭肺腑。尤不能不深深感谢思曾的诚意邀约。由于他的再三催促，我们才没有错过这宝贵的重逢机会。

后会有期

欢聚半月后,我们不得不依依握别。思曾赠我以宣纸正楷书写的白话长诗一首,我回环默诵,禁不住泪水盈眶。

老同学谢孝苹听我们讲起在大雾迷蒙中夜过三峡,崔嵬奇景一无所见的遗憾,他乃挥毫代赋一绝云:"滟滪如牛角触忙,猿啼巫峡怨声长。有景朦胧道不得,轻舟载梦过瞿塘。"

载梦原是美事,可是载的是沉重的梦,连轻舟也变得沉重起来。但愿师友无恙,重逢有日,再不必追寻恍惚的梦境了。

最使我高兴的是有一天与干女儿纠纠通电话,她说她会转告沙里伯伯我们对他的挂念,希望不久又可相聚。四岁的干孙女在千山万水之外的那头,娇声地喊:"干姥爷,干姥姥,你们快来嘛,我要给你们吃糖球。"

多么甜美的糖球!我们怎能不再回去呢?

启蒙师

不倒翁，翁不倒，眠汝汝即起，推汝汝不倒，我见阿翁须眉白，问翁年纪有多少。脚力好，精神好，谁人能说翁已老。

我摇头晃脑，唱流水板似的，把这课国文背得滚瓜烂熟，十分得意。

"唔，还算过得去。"老师抬起眼皮看看我，他在高兴的时候才这样看我一眼。于是他再问我：

"还有常识呢？那课瓦特会背了吗？"我愣头愣脑的，不敢说会，也不敢说不会。

"背背看吧！"老师还没光火。

我就背了："煮沸釜中水，"这第一句我是会的，"化气如……如……"全忘了。

"如烟腾。"老师提醒我。"化气如烟腾，烟腾……"我支支吾吾地想不起下一句。

"导之入钢管。"老师又提一句。

"导之入钢管,牵引运车轮……轮……唔……谁为发明者,瓦特即其人。"明明我知道当中漏了一大截。

老师的眼皮耷拉下来了,脸渐渐变青,"啪",那只瘦骨嶙嶙的拳头一下子捶下来,正捶在我的小拇指上。我骇一跳,缩回手,在书桌下偷偷揉着。

"像锯生铁似的。再念十遍,背不出来还要念。"老师命令我。

鼻子尖下面一字儿排开十粒生胡豆,念一遍,挪一粒到右手边,念两遍,挪两粒。像小和尚念《三官经》,若不是小拇指疼得热辣辣的,早就打瞌睡了。

已经九点了,还不放我去睡觉,我背过脸去打了个哈欠,顿时计上心来:

"老师,我心口疼,我想吐。"我捂着肚子喊,妈妈时常是这样子喊着心口疼的。

"胡说八道,这么点孩子什么心口痛,你一定是偷吃了生胡豆,肚子里气胀。喏,我给你吃几粒丸药就好了。"他拉开抽屉,里面乱七八糟的,有断了头的香,点剩的蜡烛,咬过几口的红豆糕,还有翘着两根触须的大蟑螂,老师在蟑螂屎堆里捡出几粒紫色小丸子,那是八字胡须的日本仁丹,又苦又辣,跟蟑螂屎和在一起,更难闻了,我连忙抿紧了嘴说:"好了好了,这会儿已经好了。"

"偷懒，给我念完十遍，明天一早就来背给我听。"

我很快地念完了，收好书，抓起生胡豆想走。

"啪！"又是一拳头捶在桌面上，"你懂规矩不懂？"

我吓傻了，呆在那儿不敢动。

"拜佛，你忘啦，还有向老师鞠躬。"

我连忙跪在佛堂前的蒲团上拜了三拜，站起来又对老师鞠了个九十度的躬，说声："老师，明天见。"

生胡豆捏在手心，眼中噙着泪水，可是我还是边走边把胡豆塞在嘴里嚼，有点子咸滋滋的酸味。阿荣伯说的，汗酸是补的。

我回到楼上，将小拇指伸给妈看（其实早已不痛了），倒在她怀里撒开地哭。

"妈，我不要这么凶的老师，给我换一个嘛。"

"老师哪能随便换的！他是你爸爸的学生，肚才很通，你爸爸说他会作诗。"

"什么肚才通不通，萝卜丝，细粉丝，我才不要哩！"

"不许胡说，对老师要恭敬。你爸爸特地请他来教你，要把你教成个才女。"

"我不要当才女，你不是说的吗？女子无才便是德。"

"傻丫头，那是我们那个时代的话。如今是文明世界了，女孩子也要把书念通了。像你妈这样，没念多少书，这些年连记账都要劳你小叔的驾，还得看他高兴。"

"记账有什么难的？肉一斤，豆芽菜一斤，我全会。"

"算了吧，真要你记，你就咬着笔杆一个字都写不出来了。你四叔写的，老师还说他有好几个别字呢。"

"四叔背不出书来，老师拿茶杯垫子砸他，眉毛骨那儿肿起一个大包。四叔说吃斋念佛的人会这么凶，四叔恨死他了。"

"不要恨老师，小春，老师教你、打你，都是要你好，吃得苦中苦，方为人上人。别像你妈似的，这一辈子活受罪。"妈叹了一口长气。

我知道妈的大堆头牢骚快来了，就连忙蒙上被子睡觉，可是心里倒也立志要好好念书，将来要做大学毕业生。在祠堂里分六只馒头（族里的规矩，初中毕业分得一对馒头，高中、大学依次递加一对），好替妈争口气。免得爸爸总说妈没大学问，才又讨个有学问的外路人，连哥哥一起带到北平去了。爸说男孩子更重要，要由她好好管教。我就不懂爸会把儿子派给一个不是生他的亲娘去管教，她会疼他吗？还有，哥哥会服她吗？叫我就不会，她要我望东，我就偏偏翘起鼻子望西，气死她。

妈叫我恭敬老师，我是很恭敬他的。从那一次小拇指被捶了一拳以后，我总是好好地写字念书。作文和日记常常都打甲上，满是红圈圈。下课的时候,我一定记得跪在蒲团上叩三个头,再向老师毕恭毕敬地行鞠躬礼,然后倒退着跨出书房门。没走出两丈以外,连喷嚏都不敢打一个,因此我没有像四叔那样挨过揍。老师对我虽然也一样绷着脸,我却看得出来他心里还是疼我的。因为他每天都把如来佛前面的一杯净水端给我喝,说我下巴太削,恐怕将来福分薄,要我多念经,多喝净水,保佑我长生,聪明。他就没把净水给四叔喝过,这也是四叔恨他的原因,他说吃斋的人不当偏心。其实四叔在乡村小学念书,只晚上跟他温习功课,不是老师的正式学生,老师的全副精神都在教导我,我是他独一无二的得意女弟子。

老师的三餐饭都在书房里吃,两菜一汤,都是素的,每次都先在佛前上供,然后才吃。有一次,阿荣伯给他端来一碗红豆汤,他念声阿弥陀佛,抿紧了嘴只喝汤,一粒豆子都不进口。我不明白咽下一粒豆子会出什么乱子,悄悄地问阿荣伯。阿荣伯说老师在十岁时就有一个和尚劝他出家,他爸妈舍不得,只替他在佛前许了心愿,从此吃长斋,一个月里有六天过午不食,只能喝米汤。

我看老师剃着光头,长长的寿眉,倒是有点罗汉相。我把这话告诉四叔,四叔说:"糟老头子,快当和尚去吧!"其实老师并不老,他才四十光景,只是一年到头穿一件蓝布大褂。再热的天，他都不脱，书房里因此总冒着一股子汗酸气味。

"妨碍公共卫生。"四叔的头摇得像拨浪鼓似的，他指着墙壁缝里插着的一个个小纸包说："你看他，跳蚤都不攉死，就这么包起来塞在墙缝里。跳蚤不一样要饿死吗？真是自欺欺人。"

老师刚从门外走进来，四叔的话全被听见了。四叔已来不及溜。老师举起门背后的鸡毛掸子，一下子就抽在他手背上，手背上起一条红杠。

"跪下来。"他喝道。

四叔乖乖地跪下来，我吓得只打哆嗦。老师转向我："你也坐着不许走，罚写大字三张。"

我摊开九宫格，心里气不过，不临九成宫的帖，只在纸上写"大小上下人手足刀尺……"一口气就涂完了三张，像八脚蛇在纸上爬。

老师走过来，一句不说，把三张字哗哗地全撕了。厉声说："重写，临帖再写五张，要提大小腕。"

他把一个小小银珠盒放在我手腕背上，我的手只能平平地移动，稍一倾斜，银珠盒滑下来了。我还得握紧笔杆，提防老师从后面伸手一抽，笔被抽起来，就是字写得没力气，又须重写。我的眼泪一滴滴落在纸上，把写好的字全洇开了，都是四叔害的。

上夜课时，老师把我写的五张字拿出来，原来满纸都打了红圈圈，他以从未有过的温和口气对我说："你要肯用心临帖，字是写得好的，你看这几个字，写得力透纸背。"

四叔斜眼望望我撇了一下嘴，显得很不服气的样子。我自己也莫名其妙，我原是一面哭一面写的，居然还写得"力透纸背"。

"老师，您教我写对联好吗？"我得意起来了。

"还早呢！慢慢来。"

"我会背对联：'天半朱霞，云中白鹤。河边青雀，陌上紫骝。'"这是花厅前柱子上的一副对子，四叔教我认，我完全不懂意思。

老师非常高兴，说："好，我就教你诗与古文。"

刚刚读完小学国文第四册，第五册开始就是古文。老师教我读《师说》。"古之学者必有师"，他一个字一个字地讲解给我听，我却要打瞌睡了。我说："我也要像四叔似的读'黄柑竹篓记'。"（后来才知道是《黄冈竹楼记》）老师说："慢慢来，古文多得很，教过的都得会背。"

我也学四叔那样，摇头晃脑背得琅琅响，我还背诗，第一首是："一去二三里，烟村四五家。亭台六七座，八九十枝花。"这太容易。

渐渐地，我背了好多古文与诗。我已经学作文言的作文了，《说蚁》是我的得意杰作："夫蚁者，营合群生活之昆虫也。性好斗……"

老师一天比一天喜欢我，我也不那么怕他了。下课时不再像以前那样倒退着走，一跨出书房门，我就连蹦带跳起来，可是跳得太高了，老师就会喊：

"小春，女孩子走路不要三脚跳，《女论语》上怎么说的？"

"笑莫露齿，立莫摇裙。"我一个字一个字地背。

"对啦，说话走路都要斯斯文文的，记住哟！"

老师教我的，我都一一记住了，不管是不是太古板。因为爸爸不在家，他就像我爸爸似的管教我。我虽怕他，却也爱他。

可是爸爸从北平回来，带我去杭州考取了中学，老师就不再在我家了。

临去那天，他脖子下面挂了串长长的念佛珠，身上仍旧是那件蓝布大褂。他合着双手，把我瘦弱的手放在他的手掌心里，无限慈爱也无限忧伤地对我说："进了洋学堂，可也别忘了温习古文，习大字，还有，别忘了念佛。"

我哽咽着，说不出话来。考取中学固然使我兴奋，但因此离开了十年来教导我的老师，是我原来所意想不到的。

脚夫替他挑着行李，他步行着走向火车站，我一路牵着他的手，送他上火车。他的蓝布大褂在风中飘呀飘的，闲云野鹤似的，不知飘到哪儿去了。

两条辫子

我没有念过小学,五岁开始,就由一位严厉的老师,在家里教我读书。由认"人、手、足、刀、尺"的方块字,到描红,到背古书。每回背《论语》《孟子》背不出来的时候,就拉起辫子梢来使劲地咬,咬一阵,吐一口口水,再咬再背。有时背古文背到"人生在世……岂不悲哉……"时,昏昏欲睡的眼皮,不听话地耷拉下来,撑也撑不住,心里也不由得"悲从中来"。时常听五叔婆和母亲生气的时候就说:"落发做师姑去。"顿时也萌生剪去两条辫子,到后山庵堂里当尼姑的念头。可是摸摸自己乌乌亮亮的辫子,实在舍不得。再看看《女诫》那本书上,第一页就是曹大家班昭的画像,她穿着全身飘带的古装,翘起十指尖尖的兰花手在翻书页,头上盘着高高的云髻,一串串长长的珠子从云髻上垂下来,垂到前额,一副雍容华贵的样子,又不胜羡慕起来。心想有一天我长大了,古书也统统会背了,岂不也可把辫子盘到头顶心,盘得跟曹大家一样高,变成个有学问的古装美人,多么好!为了这一点点希望,我只好耐着性子再读、再背。一直背到十二岁,常常走到花厅大屏风镜子前面照照,觉得自己已经老了。尤其是两条辫子,五叔婆总是把它梳得紧绷绷的,一直编到尾巴上,翘在后脑勺像两条泥鳅,一点古装美人的影子都没有,不禁再度"悲从中来",想想自己命中注定,要当一辈子的乡下姑娘,永无出头之日了。

没想到出头之日来得非常突然。有一天,在杭州做官的爸爸,回故乡住一段短短的日子以后,就把母亲和我一起接到杭州。那时,乡下人能够去杭州当"外路人",就比现在去欧洲、去新大陆还要神气。左邻右舍的小朋友都纷纷来给我送行。有的赠我亲手编的竹子知了(蝉),有的赠我角上绣一朵红花的小手帕,有的赠我金黄麦管编的手镯,有的赠我三寸长的坑姑娘(用短短树枝,套上自己缝的花布衫,两手左右直直地张开,只有一只脚,我们叫它坑姑娘)。竹桥头阿菊送我的是用嵌银丝缎带打的一对蝴蝶结,亮晶晶的,我最喜欢。她说缎带是城里杨宅二小姐给她的外路货,叫我外出做客时扎在两条辫子上。小长工阿喜特别为我用劈得细细的竹片,编了一个有盖的小竹箩,让我把所有的礼物都放在里面,带到杭州。阿喜说:"听人家说杭州跟外国一样,什么都有,但我就不相信会有这样精致的小竹箩。"阿菊把我紧绷绷的辫子拆开来,梳得松松的,从耳根垂在两肩前面。她说:"杨宅二小姐从上海回来,就是这样梳的。戴上各色各样的蝴蝶结或珠花，才好看呢！你到了杭州，戴蝴蝶结的时候就会想起是我亲手给你做的。"说着说着，她眼圈儿就红了，阿喜只是擤鼻涕。就要和他们分别，我也只想哭。可是一想起就要到杭州做"外路人"，又不禁打心里兴奋，那种心情是非常复杂的。

母亲给我梳辫子，也跟五叔婆一样，把它编得紧紧的，只剩下一点点发梢，凌空地翘在背后，说免得刷脏了衣服。我暂时不反抗，反正一到杭州，看看人家姑娘的新式打扮，母亲的脑筋也会新式起来的。

到了杭州，父亲就安排我读书的事，听他和母亲说要我跟一位佛学经学大师马一浮老先生读书，先做学徒，要替他擦水烟筒，倒痰盂，拖地板，磨炼心志，才开始传授经书。我一听就急得哭了起来，不敢反抗父亲，只有天天晚上跟母亲跺脚大闹，我边哭边说："如果真要跟马老先生做学徒，我宁可落发当师姑。"母亲扑哧一笑说："当师姑就一辈子没有机会把乌亮的发盘在头顶上做古装美人了。"

我心里好急，母亲又不许我出门一步，怕我丢了。每天都躲在后阳台的角落里看文言文笔记小说，回想在家乡自由自在的日子，老师虽严厉，却并没要我倒痰盂拖地板，背完了书，还可以跟阿菊阿喜他们满山遍野地跑，没想到到了外路是这个样子的。

我用老师教我的调子念着小说里的诗，念着念着，就泪流满面，仿佛自己也是小说里"观花洒泪，对月伤怀"的"薄命佳人"。那一段日子真是好黯淡好黯淡！我真后悔不该想当"外路人"，我把小竹箩捧在手里，一样样摸弄着小朋友们送我的纪念品，连阿菊送的嵌银丝缎带蝴蝶结都黯淡无光了。

后阳台正对着一所教会办的杭州最有名的弘道女中。我每天望着跟我差不多大小的女孩，穿着短衫黑裙，在碧绿如茵的草坪上，蹦蹦跳跳，玩球，谈笑，好不活泼开心。我幻想着自己能是其中一分子该多好。可是这个幻想跟做马一浮老先生的徒弟相差十万八千里，怎么可能实现呢？母亲最听父亲的话，我知道求她是没有用的。

也许是命运之神对我特别照顾，救星来了。他是我父亲言听计从的好朋友孙老伯，北平燕京大学农学院教授。暑假回乡，顺道来看我父亲。他衔着烟斗或雪茄，父亲吸着旱烟或吹着噗噗的水烟筒，两个人对坐在书房里聊天。我在两种不同的烟味中穿来穿去，心情焦急而兴奋，因为孙老伯一到的当晚，我已悄悄地恳求他说服父亲，答应我考弘道女中。孙老伯教的是农科，英语说得呱啦呱啦的，诗词歌赋，样样都行。父亲很佩服他，他若讲出一套道理来，父亲不会不听吧？果然，孙老伯三言两语就把父亲说服了。他的道理很简单：无论研究什么学问，必须先要有社会科学、自然科学的基本学识，尤其要培养德、智、体、群的道德基础。现在已经不是关起门来死啃书的时代了。何况这所教会女中，管理非常严格，离家又近，是再好也没有了。

就这样，父亲接受了他的劝说，请老师在一个多月中给我补习了算术与公民，以同等学力①报名投考弘道女中。放榜之日，我列第三，我快乐得眼泪都掉下来。再仔细一看，榜上初中一共录取的只有五个人。原来弘道附设小学，成绩好的直升初中，补充名额只取五名。我第三，正是不上不下，心里有点懊恼，都是算术害的，不然的话，凭我那篇响当当的文言作文，应当稳拿第一名呢。

入学那天，母亲给我换上蓝底红花最摩登的斜襟旗袍，梳好两条光溜溜的辫子，亲自送我到学校。新生训话的时候，女校长眼睛睁得大大地望着我，拉拉我衣服的大袖口说："下星期起，不要穿花旗袍，要换白短衫、黑裙，知道吗？还有，要把辫子剪掉。"一听说辫子要剪掉，我心里好急好气。辫子是无论如何不剪的。我明明看见草坪上的同学，有穿花衣服的，也有留辫子的，为什么我不可以呢。明明是欺侮新生嘛。回到家里，我又向母亲跺脚，要母亲马上给我做白短衫黑裙，这倒是我梦想着要

---

① 学力：此处指文化程度。

穿的，可是辫子一定不剪。母亲说："校长的话就是校规，怎么可以不遵守？"我说她不公平。后来才知道那些穿花衣服的是住读生，普通学生在外面走，必须佩戴校徽，穿制服，代表学校。留辫子的是教友家庭子女，好像是在上帝面前许下心愿，要留辫子。我心里好委屈，又吵着也要住校。母亲说："学校离得那么近，三分钟就走到了，为什么要住校？住宿费又贵。"我仍然赌气地说："要剪辫子我宁可不读。"母亲说："少使点性子吧，好容易当上'学堂生'了，还要怎样？你不读就给老先生端痰盂擦地板去！"这下我才屈服了。那天晚上，躺在床上，抚摸着散开在枕头上柔软软、乌油油的头发，不由得阵阵心酸。想起阿菊说的，外路人梳辫子式样新，扎上蝴蝶结，不知有多漂亮，如今一切将化为乌有，她送我的嵌银丝缎带蝴蝶结也没有用了。我的眼泪滴落在枕头上，哭了一会儿，也就睡着了。到底考取中学，当了"学堂生"总是体面的。还有一件值得兴奋的事，就是可以卷起舌头学英文，将来也跟孙老伯一样，英语说得呱啦呱啦的，回到家乡，说给阿菊和阿喜听，才叫神气呢。

母亲连送我去理发店剪发的钱都舍不得，自己拿起大剪刀，咔嚓咔嚓几下，就把我心疼得要命的乌黑长发剪下一大截。母亲的手法并不高明，剪得长长短短狗牙齿似的，还是老师把我再带到理发店里，重新修齐了。母亲把剪下的一大把头发仔细包好，我问她："妈妈，听说我小时候打光光（家乡话，婴儿第一次剃头）以后，您把我的头发包成一小包，送到庙里保佑我长命百岁。现在这把头发又有什么用呢？"母亲说："留给我自己当假发用，我的头发已经掉得越来越少了。"这一说，我才注意到母亲脑后的发髻真的变得很小了。我问她为什么头发会掉得越来越少？她叹口气说："还不是为了你操心。"我低下头想了一阵，忽然说："我的头发加在你的里面，我跟妈妈是结发了。"她啐了我一口说："什么结发不结发。"我顽皮地说："我知道，妈跟爸爸才是结发夫妻，跟我是母女连心。"母亲笑笑说："你知道这个就好。那你以后上了学，要好好用功，听老师的教导，妈妈就不用操心，头发就不会再掉了。"

一个星期以内，母亲请裁缝给我赶做一件白短衫，一条黑短裙，裙子是她拿自己的华丝葛旧裙子改的，上面有竹叶花纹。第一天检查服装时，训导主任连连摇头说不行，不能有花纹，一定得平面黑绸。母亲只得再做一条，嘴里直嘀咕："白白糟蹋了一条华丝葛裙子。"

第一次周会，全班同学由级任导师依身材高低排好次序，进入课堂。我一看，连住校同学也穿上制服，全体整齐划一，我当时忽然觉得，自己好神气。想想那时站在后阳台，远远望着她们在草坪上玩耍，多么羡慕她们，现在居然也是其中的一分子，跟她们坐在同一个课堂里读书,在同一片草坪上玩乐,这就叫"有志者,事竟成"。

孙老伯说的"德、智、体、群"四个字,我已经开始了"群"的训练,以后我一定要和她们相亲相爱,如手如足,过着快乐、活泼、健康的"学堂生"生活。

一袭青衫

我念中学时,初三的物理老师是一位高高瘦瘦的梁先生。他第一天进课堂,就给我们一个很滑稽的印象。他穿一件淡青褪色湖绉绸长衫,本来是应当飘飘然的,却是太肥太短,就像高高地挂在竹竿上。袖子本来就不够长,还要卷上一截,露出并不太白的衬褂,坐在我后排的沈琪大声地说:"一定是借旁人的长衫,第一天上课来出出风头。"沈琪的一张嘴是全班最快的,喜欢挖苦人,我低着头装没听见,可是全班都吃吃地在笑。梁先生一双四方头皮鞋是崭新的,走路时脚后跟先着地,脚板心再拍下去,拍得地板好响。他又不坐,只是团团转,啪嗒啪嗒像跳踢踏舞似的。我想他一定是刚刚当老师心情很紧张吧,想笑也不敢笑,因为坐第一排太引人注目了。梁先生拿起粉笔在黑板上写了个大大的"梁"字,大声地说:"我姓梁。"

"我们都早知道了,先生姓梁,梁山伯的梁。"大家齐声说。沈琪又轻轻地加了一句:"祝英台呢?"

梁先生像没听见,偏着头看了半天,忽然咧嘴笑了,露出一颗大大的金牙。沈琪又说:"镶金牙,好土啊。"幸得梁先生还是没听见。看着黑板上那个"梁"字自言自语地说:"今天这个字写得不好,不像我爸爸写的。"

全堂都哄笑起来,我也笑了。因为我听他喊"爸爸"那两个字,就像他还是个孩子。心想这位老师一定很孝顺,孝顺的人,一定是很和蔼的。沈琪却又说:"这么大的人还喊'爸爸',应该说'父亲'。"我不禁回过头去对她说:"你别咬文嚼字了,爸爸就是父亲,父亲就是爸爸。"我说得好响,梁先生听见了。他说:"对了,爸爸就是父亲,对别人得说'家父',可是我只能说'先父',因为我父亲已经去世了,是去年这个时候去世的。"他收敛了笑容,一双眼睛望向窗外,好像望向很远很远的地方,全堂都肃静下来。他又绕着桌子转起圈来,新皮鞋敲着地板啪嗒啪嗒响,绕了好几圈,他才开口说:"今天第一堂课,你们还没有书,下次一定要带书来,忘了带书的不许上课。"语气斩钉截铁,本来很和蔼的眼神忽然射出两道很严厉的光来。我心里就紧张起来,因为我的理科很差,又不敢问老师。如果在本校的初三毕业考都过不了关,就没资格参加教育厅的毕业会考。因此觉得梁先生对我前途关系重大,真得格外用功才好。我把背挺一下,做出很用心的样子,他忽把眼睛瞪着我问:"你叫什么名字?"

我说了名字,他又把头一偏说:"叫什么?听不清。怎么说话跟蚊虫哼似的，上黑板来写。"大家又都笑起来，我心里好气，觉得自己一直乖乖儿的，他反而盯上我，他应当盯后排的沈琪才对。沈琪却在用铅笔顶我的背说："上去写嘛，写几个你的碑帖字给他看看，比他那个梁字好多了。"我不理她，大着胆子提高嗓门说："希望的希，珍珠的珍。"

"噢，珍珠宝贝，那你父母亲一定很宝贝你啰，要好好用功啊。"

全堂都在笑，我把头低下去，对于梁先生马上失去了好感。他打开点名册，挨个儿地认人，仿佛看一遍就认得每人似的。嘴巴一开一合，露着微龅的金牙，闪闪发光，严厉中的确透着一股土气。下课以后，沈琪就跳着对大家说："你们知不知道，世界上有一种牙齿是最土的，就像梁先生的牙，所以我给他起个外号叫'土牙'。"大家都笑着拍手同意了。沈琪是起外号专家，有个代课的图画老师姓蔡，名观亭，她就叫他"菜罐头"。他代了短短一段日子课就被她气跑了，告诉校长说永生永世不教女生了。还有训导主任沈老师，一讲话就习惯地把右手握成一个圈，圈在嘴边，像吹号一般，沈琪就叫他"号兵"。他非常和气，当面喊他"号兵"他也不生气，还说当"号兵"要有准确的时间观念和责任感，是很重要的人物。但是"土牙"这个外号，就不能当着梁先生叫了，有点刻薄。国文老师说过，一个人要厚道，不可以刻薄，不可以取笑别人的缺点，叫人难堪。我们全班都很厚道，就是沈琪比较调皮，但她心眼并不坏，有时帮起人忙来，非常热心，只是有点娇惯，一阵风一阵雨的，喜怒无常。

第二次上物理课时，我们每个人都把课本平平整整放在课桌上。梁先生踩着踢踏步进来，但这次响声不大，原来他的四方头新皮鞋已换成布鞋，湖绉绸长衫已经换成了深蓝布长衫。鞋子一看就知道太短，后跟倒下去，前面翘起像条龙船。他一点不在乎，往桌上一坐，两脚交叉，悬空荡着，我才仔细看到有一只鞋子前面，黑布已破了个小洞，沈琪低声地说："你看，他的鞋子要吃饭了。"我说："他一定是舍不得穿皮鞋吧。"母亲说过，节俭的人，一定是苦读出身，非常用功。现在当了老师，一定不喜欢懒惰的学生，可是我又实在不喜欢物理化学算术这些功课。

他从口袋里摸出一个小小的空心玻璃人，一张橡皮膜，就把小人儿丢入桌上有白开水的玻璃杯中，蒙上橡皮膜，用手指轻轻一按，玻璃人就沉了下去，一放手又浮上来。他问："你们觉得很好玩是不是？哪个懂得这道理的举手。"级长张瑞文举手了。她站起来说明是因为空气被压，跑进了玻璃人身体里面，所以沉下去，证明空气是有重量的。梁先生点点头，却指着我说："记在笔记本上。"我坐在进门第一个位置，他就专盯我。我记下了，他把笔记本拿去看了下说："哦，文字还算清通。"大家又笑了，一个同学说:"先生点对了,她是我们班上的国文大将。"梁先生看着我说:"国文大将?"又摇摇头,"只有国文好不够,要样样事理都明白。你们知道物理是什么吗?物理就是宇宙一切事物的道理。道理本来就存在,不是人所能创造的,聪明的科学家就是把这道理找出来,顺着道理一步步追踪它的奥妙,发明了许多东西。我们平常人就是不肯用脑筋思考,只会享现成福。现在物理课就是把科学家已经发现的道理讲给我们听,训练我们思考的能力和兴趣。天地间还有许多道理没有被发现的,所以你们每个人将来都有机会做发明家,只要肯用脑筋。"

讲完了这段话,他似笑非笑闪着亮晶晶的金牙,我一想起"土牙"的外号,觉得很滑稽,却又有点抱歉。其实又不是我给起的,只是感到梁先生实在热心教我们,不应当给起外号的。他的话说得很快,又有点模糊不清,起初听来很费力,但因为他总是一边做些有趣的实验一边讲,所以很快就懂了。他又说:"日常生活中,无时无刻不接触到万物的道理。比如用铅笔写字,用筷子夹菜,用剪刀剪东西,就是杠杆定律,支点力点重点的距离放得对就省力,否则就徒劳无功,可是我们平常哪个注意到这个道理呢?这也就是中山先生所说的知难行易。可是我们不应当只做容易的事,要去试试难的,人类才会有进步。"

我们听了都很感动,他虽然是教物理,但时常连带讲到做人的道理。我们初三是全校的模范班,本来就一个个很哲学的样子,对于语文老师的一言一行,都佩服得五体投地,现在物理老师也使我们佩服起来了。

有一次,他解释"功"与"能"的分别时,把一本书捧在手中站着不动说:"这是能,表示你有能力拿得动这本书,但一往前走产生了运送的效果,就是功。平常都说功能、功能,其实是两个步骤。要产生功,必须先有能,但只有能而不利用就没有功。"他又点着我们说:"你们一个个都有能,所以要用功。当然,这只是比喻啦。"说着他又闪着金牙笑得好慈祥。

他怕我们笔记记不清,自己再将教过的实验画了图画,写了说明,编成一套讲义,要我们仔细再看,懂得道理就不必背。但在考试的时候,大部分背功好的同学都一字不漏地背上了。发还考卷的时候,他笑得合不拢嘴说:"你们只要懂,我并不要你们背,但能够背也好,会考的时候,全部题目都包含在这里面了。"他又看着我说:"你为什么改我的句子?"

我吓一跳,原来我只是把他的白话改成文言,所有的"的"字都改"之"字,句末还加上"也""矣""耳"等语助词,自以为文理畅顺,没想到梁先生会问,可是他并没不高兴,还说:"文言文确是比较简洁,我父亲也教我背了好多《古文观止》。"

"《古文观止》只是一本书,怎么说好多《古文观止》?"沈琪又嘀咕了。

"对，你说得对，沈琪。"梁先生冲她笑，一副从善如流的神情。

梁先生终年都穿蓝布长衫，冬天蓝布罩袍，夏天蓝布单衫，九十度的大热天都不出一滴汗。人那么瘦，长衫挂在身上荡来荡去。听说他曾得过肺病，已经好了。但讲课时偶然会咳嗽几声，他说粉笔灰吃得太多了，嗓子痒。我每一听他咳嗽，心里就会难过，因为我父亲也时常咳嗽，医生说是支气管炎，梁先生会不会也是支气管炎呢？有一次，我把父亲吃的药丸瓶子拿给他看，问他是不是也可以吃这种药，他忽然把眉头皱了一下说："你父亲时常吃这药吗？"我回答："是的。"他停了一下说："谢谢你，我大概不用吃这种药，而且也太贵了。不过你要提醒你母亲，要特别当心你父亲的身体，时常咳嗽总不大好。"看他说话的神情，那份对我父亲的关切像是异乎寻常的，我心里很感动。

沈琪虽然对梁先生也很佩服，但她生性喜欢捉弄人，尤其是对男老师。她看梁先生喜欢坐桌子，就把桌子脚抹了蜡烛油，梁先生一坐就往后滑，差点摔一大跤，全班都笑了，沈琪笑得最响。先生瞪着她说："你笑什么？站起来。"

沈琪笔直地站起来，一副"视死如归"的样子，嘴里却不服气地说："又不是我一个人笑！"

"你最调皮,给我站好。"我们从来没见他这么凶过。

沈琪又咕噜咕噜轻声念着:"土牙,土牙,你这个大土牙。"梁先生大吼:"你说什么?"沈琪说:"我没说什么,我在背物理讲义。"

"好,你背吧!"那一堂课,她一直站到下课——我们这才看到梁先生凶的一面,也觉得他罚女生站一堂课有点过分了。下一次上课,他又笑嘻嘻的,好像什么都忘了。想坐桌子时,用手推一把,摇摇头说:"太滑了。不能坐。"

我们在毕业考的前夕,每个人心情都很紧张沉重,对于课堂的清洁和安静都没以前那么注意,但为了希望保持三年来一直得冠军,和学期结束时领取银盾的纪录,级长总是随时提醒大家注意,可是这个希望,却因物理课的最后一次月考而破灭了。

那天梁先生把题目卷子发下来以后,就在课堂里拍着踢踏步兜圈子。大家正在专心地写,忽然听见梁先生一声怒吼:"大家不许写,统统把铅笔举起来。"我们吓一大跳,不知是为什么,回头看梁先生站在墙边贴的一张纸的前面,指着纸,声色俱厉地问:"是谁写的这几个字!快站起来,否则全班零分。"我当时只知道那张纸是级长贴的,上面写着:"各位同学如愿在暑假中去梁先生家补习数学或理化的请签名于后。"因为他知道我们班上有许多数理比较差的,会考以后,考高中以前,仍须补习,他愿义务帮忙，确确实实不要交一块钱。头一年就有同学去补习过，说梁先生教得好清楚易懂，好热心。所以我第一个就签上名，也有好多同学签了名。那么梁先生为什么那样生气呢？我实在不明白。冷场了好半天，没人回答，时间一分一秒地过去，我们心里又急又糊涂，我悄悄地问邻座同学：究竟写的是什么呀？她不回答我，只是瞪了沈琪一眼，恨恨地说："谁写的快勇敢点出来承认，不要害别人。"可是沈琪一声不响，跟大家一齐举着铅笔。梁先生再一次厉声问："究竟是谁写的？有勇气写，为什么没勇气承认？"忽然最后一排的许佩玲霍地站起来说："梁先生，罚我好了！是我写的，请允许同学们继续考试吧！"

梁先生盯着她看了半天说："是你？"

"我一时好玩写的，太对不起梁先生了。"说着，她就哭了起来。许佩玲是我们班上品学兼优的好学生，她这次究竟在那张纸上写些什么，惹得梁先生那么冒火呢？

"好，有人承认了就好，现在大家继续写答案。"他说。

我一面写，一面心乱如麻，句子也写得七颠八倒的。下课铃一响，卷子都一齐交上去，梁先生收齐了卷子，向许佩玲定定地看了一眼就走了。下一节是自修课，大家一齐拥到墙边去看那张纸，原来在同学签名下的空白处，歪歪斜斜地用很淡的铅笔写着："土牙，哪个高兴来补习？"大家都好惊奇，许佩玲怎么会写这样的字句？也都有点不相信，又都怪梁先生未免太凶了，许佩玲的试卷变成零分怎么办？许佩玲幽幽地说："梁先生总会给我一个补考的机会吧。"平时最喜欢大声嚷嚷的沈琪，这时却木鸡似的在位子上发愣，我本来就满心怀疑，忍不住走过去问："沈琪，你怎么一声不响？我觉得许佩玲不会写的。"沈琪忽然站起来，奔到许佩玲身边，蹲下去，哽咽地说："你为什么要代我承认？你明明知道是我写的，我太对不起你，太对不起大家了。"

"我想总要有一个人快快承认，才能让同学来得及写考卷。也是我不好，我看见了本想擦，一下子又忘了，不然就不会有这场风波了。沈琪，不要哭，没有关系的，我一、二次月考成绩都还好，平得过来的。"许佩玲拍着沈琪的肩，像个大姐姐，她是我们班上比较年长的同学，是热心的总务股长，也是真正虔诚的基督徒，我很佩服她。

我们对她代人受过的牺牲精神，都好感动，但对沈琪的忏悔痛哭，又感到很同情。级长说："沈琪，你只要快快向梁先生承认就好了，可以免去许佩玲受冤枉。"正说着，梁先生已经走过来了，他脸上一点没有生气的样子，只是和气地说："同学们，我再给你们一次机会，那几个字究竟是谁写的？因为不像是许佩玲的笔迹。"沈琪立刻站起来说："是我，请梁先生重重罚我好了，和许佩玲全不相干。"

梁先生的金牙笑得全都露了出来，他说："沈琪，我就知道是你捣蛋，你为什么写'土牙'两个字？你为什么不愿意补习？你的数理科并不好，我明明是免费的啊。"他又对我们说："大家放心，你们的考试不会得零分。许佩玲的卷子我已经看过了，她是一百分。"

全班都拍起手来，连眼泪还挂在脸上的沈琪都笑了。我一直都不大喜欢沈琪，但由这次的事情看来，她也是非常诚实的，我对她的印象也好了。

梁先生走后，我们还在兴奋中，七嘴八舌地谈论着，忽然隔壁初二的级任导师走来，在我们的安静记录表上，咬牙切齿地打了个大叉，说我们吵得她没法上课。这一打大叉使我们这一学期的努力前功尽弃，再也领不到安静奖的银盾，而且破坏了三年来的冠军纪录。我们都好伤心，甚至怪那位初二导师，故意让我们失去这个机会的。沈琪尤其难过，说都是因为她闯的祸，实在对不起全班。大家的激动使声浪无法压制下来，而且反正已经被打了叉，都有点自暴自弃的灰心了。此时，梁先生又来了，他是给我们送讲义来的，他时常自己给我们送来。看我们一个个失魂落魄的样子，还以为仍为沈琪的事，他说："你们安心自修吧！事情过去就算了，过而能改，善莫大焉。"我们却告诉他安静记录表被打叉的事，他偏着头满不在乎的样子说："这有什么不得了？

旁人给你做记录算得什么？你们都这么大了，都会自己管理自己。奖牌、银盾都是形式，校长给的奖也是被动的，应当自己给自己奖才有意思。"

"可是我们五个学期都有奖，就差了毕业的一个学期，好可惜啊！"

"唔！可惜是有点可惜，知道可惜就好了，全体升了高中再从头来过。"

"校长说要全班每人考甲等才允许免试升高中，这太难了。"

"一定办得到，只要把数理再加强。"

我们果然每人总平均都在甲等，这不能不说是由于梁先生的热心教导。升上高一的开学典礼上，梁先生又穿起那件褪色淡青湖绉绸长衫，坐在礼堂的高台上。校长特别介绍他是大功臣，专教初三和高三的数理的。

在高一，我们没有梁先生的课，但时常在教师休息室里可以看到他，踩着踢踏步满屋子转圈圈。十分钟休息的时候，我们常常请他跟我们一起打排球，他总是摇摇头说不行，没有力气。我们觉得他气色没有以前好，而且时常咳嗽得很厉害。有一天，校长忽然告诉我们，梁先生肺病复发，吐血了。在当时医学还不发达，肺病没有特效药，一听说吐血，我们马上想到死亡，心里又惊怕又难过，恨不得马上去医院看他。可是我们不能全体去，只有我们一班和高三、初三的级长，三个人买了花和水果代表全体同学去看他。她们回来时，告诉我们梁先生人好瘦，脸色好苍白。他还没有结婚，所以也没有师母在旁陪伴他，孤零零一个人和别的肺病病人躺在普通病房。医生护士都不许她们多留，只和他说了几句话就告别出来了。她们说梁先生虽然说话有气无力，还是勉励大家好好用功，任何老师代课都是一样的，叫我们不要再去看他，因为肺病会传染，他的父亲就是肺病死的。我们听了都不禁哭了起来。沈琪哭得尤其伤心，因为她觉得自己最最对不起梁先生。

不到两个月，就传来噩耗，梁先生竟然去世了。自从他病倒以后，虽然死的阴影一直笼罩着我们全班同学的心，但一听说他真的死了，没有一个同学愿意接受这残酷的事实。我们一个个号啕痛哭，想起他第一天来上课的神情，他的那件飘飘荡荡又肥又短的褪色淡青湖绉绸衫，卷得太高的袖口，一年四季的蓝布长衫，那双前头翘起像龙船的黑布鞋，坐在四脚打蜡的桌子上差点摔倒的滑稽相，一张笑咧开的嘴露出的闪闪金牙……这一切，如今都只令我们伤心，我们再也笑不出来了。

在追思礼拜上，训导主任以低沉的音调报告他的生平事迹。说他母亲早丧，事父至孝，父亲去世后，为了节省金钱给父母亲做坟，一直没有娶亲，一直是孑然一身。他临终时还念念不忘双亲坟墓的事。他没有新衣服，临终时只要求把那件褪色淡青湖绉绸长衫给他穿上，因为那是他父亲的遗物。

听到这里，我们全堂同学都已哽咽不能成声。训导主任又沉痛地说："在殡仪馆里，看他被穿上那件绸衫时，我才发现两只袖口已磨破，因没人为他补，所以他每次穿时都把袖口折上来，他并不是要学时髦。"

全体同学都在嘤嘤啜泣。殡仪馆里，我们虽然全班同学都曾去祭吊过，但也只能看见他微微带笑的照片，似在向我们亲切地注视。我们没有被允许走进灵堂后面，没有机会再看见他穿着那件褪色淡青湖绉绸长衫，我们也永不能再看见了。

留予他年说梦痕

十岁时,家庭教师教我背千家诗,背得我直打哈欠。他屡次问我长大了要当个什么,我总心不在焉地回答说:"当诗人。"他又生气地说:"岂止是诗人,还要会写古文,写字,像碑帖那样好的字,这叫作文学家。"

"文学家"这个名字使我畏惧,那要吃多少苦?太难了,我宁可做厨子,做裁缝师傅。烧菜和缝衣比背古文、背诗有趣多了。

父亲从北平回来,拿起我的作文簿,边看边摇头,显然地他不满意我的"文章"。我在一旁垂手而立,呼吸迫促而低微,手心冒着汗。老师坐在对面,定着眼神咧着嘴,脸上的笑纹都像是用毛笔勾出来似的,一动也不会动。大拇指使劲拨着十八罗汉的小圈念佛珠,啪嗒啪嗒地响。我心里忽浮起一阵获得报复的快感。暗地里想:"你平日管教我那么凶。今天你在爸爸面前,怎么一双眼睛瞪得像死鱼。"父亲沉着声音问他:"她写给我的信,都是你替她改过的吗?"他点点头说:"略微改几个字,她写信比作文好，写给她哥哥的信更好。"提起哥哥，父亲把眉头一皱，我顿时想起那篇为哥哥写的祭文，满纸的"呜呼吾兄""悲乎""痛哉"；老师在后面批了"峡猿蜀宇，凄断人肠"八个字。我自己也认为写得不错，因为我每次用读祭文的音调读起来时，鼻子就酸酸的想哭。老师不让我把祭文给爸爸看，怕引起他伤感，如今他又偏偏提哥哥。父亲严肃地对我说："你要用功读书，爸爸只你一个孩子了。"他的眼里滚动着泪水，我也忍不住抽噎起来，他又摸摸我的头对老师说："你还是先教她做记事抒情的文章吧，议论文慢点做。"

父亲的话是有道理的，此后凡是我喜欢的题目，做起来就特别流畅。"文学家"三个字又时常在我心中跳动。像曹大家、庄姜、李清照那样的女文学家，多体面，多令人仰慕。可是无论如何，背书与写字总是苦事儿，我宁愿偷看小说。

我家书橱里的旧小说虽多，但橱门是锁着的，隔着一层玻璃，可望而不可即。跟我一同读书的小叔叔，诡计多端弄来一把钥匙，打开橱门，我就取之不尽地偷看起来。读了《玉梨魂》与《断鸿零雁记》，还躺在被窝里，边想边流泪。在上海念大学的堂叔又寄来几本《瓯江青年》与旧的《东方杂志》，对我说这里面的文章才是新式白话文，才有新思想，叫我别死啃古文，别用文言作文，文言文写不出心里想说的话。我有点半信半疑，读《瓯江青年》倒是越读越有味,《东方杂志》却是好多看不懂。堂叔的信和杂志,不小心被老师发现了,他大为震怒地说:"你,走路都还不会就想飞。"信被撕得粉碎,丢进了字纸篓。我在心里发誓:"我就偏偏要写白话文,我要求爸爸送我去女学堂,我不要跟你念古文。"

老师没有十分接受父亲的劝告,他仍时常要我写议论文:"楚项羽论""衣食住三者并重说""说钓",我咬着笔管,搜索枯肠,总是以"人生在世""岂不悲哉"交了卷。我暗地里却写了好几篇白话文,寄给堂叔看。他给我圈,给我改,赞我文情并茂。有一次,我写了一篇《白绣球》,内容是哭哥哥的。这株绣球树是哥哥与我未分离前,一同看阿荣伯种的。绣球长大了每年开花,哥哥却远在北平不能回来。今年绣球开得特别茂盛,哥哥却去世了,白绣球花仿佛是有意给哥哥穿素的。我写了许多回忆,许多想哥哥的话,愈写愈悲伤,泪水都一滴滴地落在纸张上,母亲看我边写边哭,还当我累了,叫我休息一下。我藏起文章不给她看到,只寄给堂叔看。他来信说我写得太感动人,他都流泪了。叫我把这篇文章给父亲看,我却仍不敢。一则怕父亲伤心,二则怕他看了白话文会生气。这篇"杰作",就一直被保存在书箧里,带到杭州。

十二岁到了杭州,老师要出家修道,向父亲提出辞馆。我心里茫茫然的,有点恋恋不舍他的走,又有点庆幸自己以后可以"放生"了:我家住所的斜对面正是一所有名的女学堂。我在阳台上眼望着短衣黑裙的"学堂生",在翠绿的草坪上拍手戏逐,好不羡慕。正巧父亲的一位好友孙老伯自北平来我家,他是燕京大学的某系主任,我想他是洋学堂教授,一定喜欢白话文,就把那篇《白绣球》的"杰作"拿给他看,并要求他劝父亲许我去上女学堂。他看了连连点头,把我的心愿告诉了父亲。父亲摇摇头说:"不行,我要她跟马一浮老先生做弟子。"孙老伯说:"马一浮是研究佛学的,你要女儿当尼姑吗?"我在边上忽然哇的一声哭起来,父亲沉着脸,无动于衷的样子。我眼泪汪汪地望着孙老伯,仿佛前途命运就系在他的一句话上了。第二天,父亲在饭桌上忽然对老师说:"你未出家以前,给小春补习一下算术与公民,让她试试看考中学。"我一听,兴奋得饭都咽不下。"爸爸,您真好。"我心里喊着。

经过两个月的填鸭,我居然考取了斜对面那个女学堂,从此我也是短衣黑裙的女学生。老师走后,我再不用关在家里啃古书了。

在学校里,为了表现自己的学问,白话文里故意夹些文言字眼,都被老师划去了,我气不过,就正式写了篇洋洋洒洒的"古文",老师反又大加圈点,批上"凤毛麟角,弥足珍贵"八个大字，我得意得飘飘然，被目为班上的"国文大将"。壁报上时常出现我的"大作"，我想当"文学家"的欲望，又油然而生。可是寄到《浙江青年》的稿子总被退回来，我又灰心了。

进了高中以后，老师鼓励我把一篇小狗的故事再寄去投稿，"包你会登"，他跷起大拇指说。果然，那篇文章登出来了，还寄了两元四角的稿费。闪亮的银元呀，我居然拿稿费了，我把四角钱买了一支红心"自来铅笔"送老师，两块银元放在口袋里叮叮当当地响，神气得要命。

我又写了一篇回忆童年时家乡涨大水的情景，寄去投稿，又被登出来了，稿费是三块，涨价啦。那篇文章我至今仍记得一些，我写的是："河里涨大水，稻田都被淹没了，漆黑的夜里，妈妈带着我坐乌篷船在水上漂，不知要漂到哪里。船底滑过稻子尖，发出沙沙的声音，妈妈嘴里直念着阿弥陀佛，我却疲倦得想睡觉。朦胧中，忽然想起哥哥寄给我的大英牌香烟画片不知是不是还在身边，赶紧伸手在袋里一摸，都在呢。拿出来闭着眼睛数一遍，一张不少，又放回贴身的小口袋里，才安心睡着了。"老师说我句句能从印象上着笔，且描绘出儿时心态，所以好。由于他的鼓励与指点，我阅读与学习写作的兴趣更浓厚了。可是在中学六年，我的"国学"完全丢开了，这是使父亲非常失望的一点。高中毕业，他又旧事重提：要我拜马一浮先生为弟子。我又急得哭了。

　　我的志愿是考北平燕京大学外文系，洋就索性洋到底。可是父亲的答复是"绝对不许"。他一则不放心我远离，二则不许我丢开"国粹"学"蟹行文字"。我偷偷写信给燕京的孙老伯，第二次为我做说客，好容易说动了父亲，折中办法是念杭州之江，必定要念中国文学系。因为国文系有一位夏承焘先生，是父亲赏识的国学大师，他是浙东大词人之一，父亲这才放心了。

　　之江也是教会学校，一样的洋里洋气，寥寥可数的几个国文系学生，男生一定穿长褂子，女生一定是直头发；在秀丽的秦望山麓，雄伟的钱塘江畔，独来独往，被目为非怪物即老古董。夏老师呢，一个平顶头，一袭长衫，一口浓重的永嘉乡音，带着一群得意门生，在六和塔下的小竹屋里吃完了"片儿汤"又一路步行到九溪十八涧。沏一壶龙井清茶，两碟子花生米与豆腐干，他就吟起词来："短策暂辞奔竞场，同来此地乞清凉。若能杯水如名淡，应信村茶比酒香。无一语，答秋光，愁边征雁忽成行。中年只有看山感，西北栏杆半夕阳。"

　　他飘逸的风范和淡泊崇高的性格，可从这首词里看得出来。他对学生不仅以言教，以身教，更以日常生活教。随他散一次步，游一次名胜，访一次朋友，都可于默默中获得作文与做人方面无穷的启迪。他看去很随和，有时却很固执。一首词要你改上十几遍，一字不妥，定要你自己去寻求。他说做学问写文章都一样，"先难而后获"。别人改的不是你自己的灵感，你必须寻找那唯一贴切的字眼。

他说灵感像猫，"觅时偏不得，不寻还自来"，是强求不得的。有一天傍晚，我随他在林中散步，他吟了两句诗："松林细语风吹去，明日寻来尽是诗。"他说："松林中细语，被风吹去，似了无痕迹，但心中那一刹那间美的感受，却慢慢酝酿成为诗，成为文，绝不是勉强得来的。"这是他作诗为文的态度，也是他行云流水似的风格。他说话不多，但每句话，都像名山古刹中的木鱼清磬，一声声飘落在你心田里，隽永而耐人寻思。

大学四年，我鲁钝的资质并未学得什么，而夏老师春风化雨的熏陶，却使我领会了人生的乐趣，不在争名逐利，而在读书写作，以及工作过程中的那一份欢愉的感受。

"留予他年说梦痕，一花一木耐温存。"这是他的词，他说人生固然短暂，而生活却是壮美的。生涯中的一花一木，一喜一悲都当以温存的心，细细体味。哪怕当时是痛苦与烦恼，而过后思量，将可以化痛苦为信念，转烦恼为菩提，使你有更多的智慧与勇气，面对现实。

别老师后，他的词与他的诲谕时时在心。抗战期间，我尝尽了生离死别之苦，避乱穷乡，又经历了许多惊险，在工作中，我也领略到人间寒凉与温暖的滋味。我渐渐地长成了,我懂得,人要挣扎着生活下去是多么不容易,却是多么值得赞美。我也懂得如何以温存的心,体味生涯中的一花一木所给予我的一喜一悲。

记得逃避山中时,正值隆冬季节,整个山城被封闭在两尺厚的皑皑积雪中,我处身其间,像冻结在水晶球中的玩偶,有一种凝固的安全感。静谧、寂寞而安详。在那一段日子,我终日沉醉在壮美的感受里,我读了些书,也点点滴滴地写了一些追忆旧事的篇章。

胜利后回到杭州,我去萝苑拜会夏老师,我们穿过松林幽径,走向孤山放鹤亭。那时正是骤雨初霁的仲夏傍晚,湖水湖风,凉送襟袖,我们在亭中坐下来,看湖面上亭亭的风荷,跳跃着晶莹的水珠,在心旷神怡中,他看着我请求批改的几篇短文,点点头微笑着,拿出钢笔在封面上题了"留予他年说梦痕"那句话。

卖水红菱的小姑娘来了,我们买了一掬,慢慢儿剥着,在暮霭苍茫中回到萝苑。

湖堤散步的情景,一晃眼已经是十多年前的事了。来台湾时,仓促中不及带出那些未经整理的凌乱稿件。那些事,在我心中也一直是非常凌乱。生活安定下来以后,我才又重新一件件地追忆,重新琐琐碎碎、片片段段地写。写下许多童年的故事,写下我对亲人师友的怀念，也写下我在台湾的生活感想。这些，也许会被认为是个人廉价的感伤，鸡毛蒜皮不值一提的身边琐事，或老生常谈却自以为了不起的人生哲学。对这些批评，我都坦然置之，我是因为心里有一份情绪在激荡，不得不写时才写。每回我写到我的父母家人与师友，我都禁不住热泪盈眶。我忘不了他们对我的关爱，我也珍惜自己对他们的这一份情。像树木花草似的，谁能没有一个根呢？我常常想，我若能忘掉亲人师友，忘掉童年，忘掉故乡，我若能不再哭，不再笑，我宁愿搁下笔，此生永不再写，然而，这怎么可能呢？

人到了中年，应该更坚强，更经受得起了，但我有时却非常脆弱。我会因看见一条负荷过重的老牛，蹒跚地迈过我身边而为它黯然良久。我会呆呆地守着一只为觅食而失群的蚂蚁而代它彷徨焦急。我更会因听到寺庙的木鱼钟磬之声，殡仪馆的哀乐，甚至逢年过节看见热闹的舞龙灯、跑旱船、划龙船而泫然欲泣。面对着姹紫嫣红的春日，或月凉似水的秋夜，我想念的是故乡矮墙外碧绿的稻田，与庭院中雅淡的木樨花香。我相信，心灵如此敏感的，该不止我一个人吧！

我是沉醉在个人的哀乐中吗？我是在逃避现实吗？不，不是的。虽然日历纸一天天飞过去不会再回头，但我总得望着前面，前面还有一大段路得走。我总希望以壮健的身心回到故乡，在先人的庐墓边安居下来,享受壮阔的山水田园之美,呼吸芬芳静谧的空气。我要与梦寐中曾几度相见的人们,真正地紧握着手,畅叙别后离情。我渴望着那一天,难道那一天会遥远吗?不会吧。

"留予他年说梦痕,一花一木耐温存。"那微带悲怆的声调不时在我心头萦绕。为了他年的印证,我以这支颓笔,留下了斑斓的梦痕,也付印了这本小书。

书名"烟愁",这是集中的一篇。我对这两个字有一份偏爱。淡淡的哀愁,像轻烟似的,萦绕着,也散开了。那不象征虚无缥缈,更不象征幻灭,却给我一种踏踏实实的,永恒之美的感受。

似海师恩

一九三六年,我高中卒业时,遵严父之命放弃了进北平燕京大学外文系的美梦,进了杭州之江大学中文系,为的是得以追随浙东大词人夏承焘先生,读书学词。

第一天上课时,夏老师在黑板上写了"瞿禅"二字,对我们说:"这是我的号。因为我清瘦,双目瞿瞿,又多须。髯与禅音相近,故号瞿禅。但禅并非一定指佛法,禅也在圣贤书中,诗词文章中,更在日常生活中,都要细心体味。"

老师的话初听似乎很玄,但后来听他讲解名篇,或追随他游山玩水时,他常将禅理寓于平易又富情趣的比喻中,使我们自自然然地心领神会而不觉其玄了。我们最喜欢听他以浓重乡音朗吟诗词,凡经他吟唱过的,便能入耳不忘,也就学着他抑扬顿挫的调子吟唱起来,一面回味老师慢条斯理的启迪。他说读书会使人的心胸愈来愈开阔,可以上接古人,远交海外。读到入神时,觉得作者会从书中伸手与你相握,那一份莫逆于心的欢慰是无可言喻的。

他对弟子的期望温而厉，晓谕我们：读中外名著，都应勤做笔记，从其中体认的不仅是文字上的技巧，更重要的是如何砥砺志节，也正是陆放翁所说的"书外有功夫"。

恩师名言，时时在心。回忆抗战初期，四所基督教联合大学在上海公共租界慈淑大楼复校，得以弦歌再续。瞿禅师依然是飘飘然一袭青衫，授课时总予人以"长风不断任吹衣"的洒脱而稳定的感觉。（"长风不断"是他自况的得意之句。）那时我因远离故乡常抑郁不能自遣，习作《惜红衣》词中有"愁到眉山，丝丝都凝碧"之句，有一位同学因思亲赋《金缕曲》云："只道慈亲眉不展，到今朝我亦眉双聚。"恩师看了却笑嘻嘻地说："你们年纪轻轻的怎么要强作愁地皱眉头？凡人哪里能事事如意！但越当借此磨炼心志。你们能在战乱中安定地读书就是幸福。千万惜福，勿为闲烦恼耗融心血，专心学业，会使你化烦恼为菩提，菩提就是智慧。"

上恩师的课，从不感到沉闷。因他常喜欢穿插点自嘲的笑话。有一次，他念了首十七字诗："先生有三宝，太太、钢笔、表。莫再想儿子，老了。"引得全堂大笑。他也常化繁为简地用三个字指点我们：写文章的要诀是传"真"、传"神"与传"情"。（唯有如此）才能引人共鸣。读书时思维要"精"，务求深入了解；理念要"新"，不受前人思想局限；心情要"轻"，见贤思齐固然难得,但求好之心不必太切,以免(背负)心理负担,要乐读而不是苦读。我最喜欢的是他做笔记的"三字诀"。他说本子要"小",以便随身携带;记的字数要"少",记其精义是训练文字技巧之一法;更有一个"了"字,就是对所读之书深切的领悟。

"三字心传",使我们永志不忘。

恩师不仅以诗词文章教,亦以日常生活教。有一次我们一同挤电车,因受司机恶言讽刺而生气,他却笑嘻嘻地说:"想想他整天开车多辛苦?哪像我们几分钟就下车一路谈笑地轻松。若能设身处地一想,就不会生气反而同情他了。"他充满人情味的教诲,使学生们一生受用不尽。

最有趣的是他幽默地说自己很笨,才不得不用功读书。他解释"笨"字是"本"上加"竹","竹"是书册,表示读书是做人的基本。我真但愿能做一个饱读诗书的笨学生,到今朝也不至于碌碌无成,有负恩师厚望了。

在毕业时,他预赠我们每人同样的一副对联:"欲修到神仙眷属,须做得柴米夫妻。"诲谕我们将来成家以后,要能体认夫妻同甘共苦的滋味,才是真正的神仙眷属。

毕业后我回到故乡永嘉,恩师不久即转任浙大教授而去了云和。师生睽违中,他仍常赐书勉我读书习字不可一日间断。四子书仍当多多温习。他自觉平生过目万卷,总以论孟①为最味长。他读了西洋名著小说,就勉励我:"以汝之性情身世,亦当勉为此业,期以十年,必能有成。"可是多少个十年飞逝了,我却未能写出一部长篇小说来,如今已两鬓飞霜,真不知拿什么告慰恩师在天之灵。

恩师的《天风阁学词日记》,七十年中虽历经兵乱而无一日间断,在北平先后由继室吴闻师母整理出十年的日记,印行传世。此不朽之作,不仅是词学上的极大贡献,尤可以从其中体认一代词宗一生为人论学的严谨态度。

吴闻师母遵遗命将恩师骨灰分一半安葬在浙江淳安县的千岛湖风景最美之处,另一半则移回乐清,与原配师母葬于雁荡山麓。我不免追忆恩师一首《鹧鸪天》词中句:"抛却西湖有雁山,扶家况复住灵岩。"灵岩即雁荡山,他也曾一再地说:"不游雁荡是虚生。"可见他对千岛湖与雁荡山都是一样地心爱。名湖名山都有幸,恩师在天之灵亦当无憾了。

令人伤痛的是,吴闻师母不及完成整理遗著工作,一年后因心脏病突发而逝世了。

前年我回大陆,专程到杭州驱车至千岛湖祭拜恩师之墓。看

---

① 论孟:指《论语》《孟子》。

墓碑上刻有恩师简历，以及由吴闻师母与另一位王蘧常老师具名，用隶书写的一副对联："雁荡天风，宇宙神游词笔健；沧茫烟水，湖山睡稳果花香。"可以想见恩师对雁荡名山的神往。

那一天气候阴寒，我在墓地俯仰低徊。想到师母与王老师都已先后作古，慨叹"青山本是伤心地，白骨曾为上冢人"。缅怀往事，翘首云天，焉得不泪下沾襟呢？

一生一代一双人

为了布置一下六个榻榻米的陋室，我拣出从杭州带来的几幅书画，打开第一幅正是夏老师送我的对联，写的是："欲修到神仙眷属，须做得柴米夫妻。"我反复默诵着这充满人情味的短短十四个字，心头洋溢着难以言喻的滋味。是酸辛，是惆怅，更有对老师与师母说不尽的怀念。老师写这副对子送我时，我还没有结婚。因为我几次向他讨墨宝，他就笑嘻嘻地写了这副对子说："我预先送你这对联，等你结婚以后，就更能体会此中滋味了。"我把对联挂好，坐下来和唐谈起老师与师母这一对神仙眷属的故事，我们又不禁悠然神往了。

老师与师母结缡已二十年，而夫妻间的情爱，二十年如一日。令人觉得遗憾的是他们没有孩子。老师常以解嘲的口吻与朋友们说："我们是一生一代一双人，在这马乱兵荒的年头，实在再简单利落不过了。"师母却不然，有时她因看到邻家白白胖胖的孩子，不免露出羡慕的样子。老师说："像你这样有洁癖的人是不宜有孩子的，我已经被你约束得够可怜了，如果再有个翻江龙似的孩子,岂不是要被你驱逐出境呢!"师母也深深懂得老师这一片慰藉的苦心。

他们常因家用支绌而喝稀饭,老师一面捻着萝卜干放在口里慢慢地咀嚼,一面以最温柔的语调说:"今天喝稀饭,明天吃起饭来不是更香吗?"师母也向他含笑点首,我却被感动得泫然欲涕了。老师说:"人生的意味,正是要从菜根薄粥中领会出来的。"他的修养之深,由此可见。

老师五十寿辰,同学们设筵为他两位祝嘏①。酒过三巡,老师慢条斯理地在袋里摸出一只手表,亲自给师母戴上说:"你每天早上都为我赶上课起得太早,有了这个表就可以安心多睡一会儿了。"师母也掏出一支黑色钢笔,插在老师的衣襟上说:"这是我从旧货店里买来的一支老式钢笔,我知道你是多么需要它,你以后可以为大家写更多的文章了。"他们如此交换着礼物,宛如一对新婚夫妇。在我们如雷的掌声中,师母还口占了一首打趣老师的十七字诗:"先生有三宝,太太、钢笔、表。莫再想儿子,老了。"博得哄堂鼓掌大笑。

他们有时也不免拌嘴,但并不严重,且充溢着诗情酒意。事实上老师一味云淡风轻的神态也叫师母无法认真,不上几分钟,

---

① 祝嘏:祝贺寿辰。嘏(gǔ),福。

她就破涕为笑了。

  有一次，老师陪师母看病回来，医生说她是严重的贫血症，绝对不可生育。老师拍拍她的肩说："你才是一位绝代佳人呢！"这句话可真伤了她的心了。她默默地躺在床上，只是淌眼泪，中午也不起来烧饭。老师只得叫我陪他出去吃面。我们走进附近一家面馆坐下，老师叹了口气说："今天她真的生气了。她身体不好，我实在不该说这话。而且你可知道她的贫血头晕症，大半还是我害出来的呢！"我茫然不懂他的意思。他似乎想起了许多往事，感慨地说："我在中学肄业时，曾与一位女同学互订白首之盟。可是因女方父母嫌我贫穷，不肯许婚，那位女同学竟至抑郁而死。我也由父母之命，与你师母订了婚。可是我于悲愤之余，毕业后远去西北，三年不归。你师母虽为我的迟迟不归忧心如捣，却又不便表露出来，因郁闷过度而得了这贫血头晕之症。一直等我大学卒业回乡，才勉强与她结婚。婚后才知道她是如此一位幽闲①贞静的好女了。我固然是结缡恨晚，而她的健康却因我的固执受了损伤，我的良心上怎么过得去呢！"说到这里，老师忽又转为严肃的口吻说："夫妻之间的情爱，是需要双方以温情细心培养，才能发育滋长的。除了爱，我们更当有一种道义感、

---

① 幽闲：同"幽娴"。形容女子安详文静。

责任感。试问患难相依，疾病相扶持，除了夫妻，谁还能更亲切关怀呢？"老师的眼里闪着泪光了。

吃完面，他又买了四个肉包子，小心翼翼地用手帕包好，双手捧着走回家来，远远地已看见师母笑脸迎人地倚门等待了。等老师走到身边，她低低问道："你出去后我才看到你的绒线背心没有穿上，外面风大，小心受凉呢！"老师把四个包子塞到师母手心里，轻声轻气地说："不会的，好妻子，你摸摸看，连包子都是暖烘烘的呢！"师母报之以嫣然一笑。我赶紧缩回自己房里去了。

现在，我又恍如回到杭州，在西子湖头，重新沐浴着老师和师母春阳般温暖的爱。

旧日情怀

一张玲珑的琴几，一本封面破旧然而印刷精美的原版《小妇人》，是一位美国邻居搬家时将它丢弃、被我如获至宝似的接收过来的，却给我简陋的书房平添几分温馨与情趣。

我在小几正中摆一钵翠绿的兰草，围绕着它的是心爱的小摆饰——小动物、小花瓶、小娃娃……都是我离台时小心翼翼地包好收在一只八宝箱里随身带来的。八宝箱里小玩意无穷无尽，琴几太小，我只能每隔几天调一批。调换时，一样样地摩挲把玩，一样样地追忆——这是家传宝物，这是一位好友送的，这是小读者寄来的，这是学生特地为我做的，这是我自己买的……每一样都有一段亲切的来历，心头感到好温暖。

在台北时，我有个玻璃橱专摆小玩意，干女儿称它为"寂寞橱窗"，意思是说：感到寂寞时，对着橱窗观赏就不寂寞了。现在客居生活简单，没有买橱子。不妨就把这张琴几布置成一座"儿童乐园"，让自己的心灵徜徉其间，忘忧，亦忘年。

琴几下有两根交叉的横档，我摆了几大本最有纪念性的照相本。太古老了，有点不敢去触摸它们，尤其是一个人的时候。只有在老伴儿兴致来时，才与他一同翻开来，一张张细看，细数如烟往事。有好友来时，也偶然抽出一本与他们共赏。可是那许许多多由照片引起的刻骨铭心的记忆与感受，又岂是别人能体会得到、分享得着的呢？

书桌的一角，就摆着那本我极为喜爱的《小妇人》。我喜爱这本小说，不仅因为它是一部名著，作者以平易优美之笔，写出人间无限亲情友爱，包含着至高无上的伦理道德观；更因为它是我初中时代英文课里所采用的读本，我对它有着一份不寻常的感情与记忆。抗战期间，转徙流离，行囊中除了《论语》《孟子》与《庄子》之外，英文书就只有这部《小妇人》与续集《好妻子》。我时常翻开来重温旧课，一面回味着当年在课堂里，慈爱的美籍老师施德琳授课的情景。整个心灵沉浸在她春风化雨般的谆谆教诲中，对于实际生活上的许多挫折与艰辛，都感到比较容易承担了。

施老师每回都以抑扬顿挫的声调，带领我们朗诵书中最美最感人的篇章，并要我们轮流扮演书中不同的角色，背诵对话。在每月的全校英文表演会上，全班同学都要充分准备，兴奋地等待着抽签上台表演。她用种种活泼生动的方法，启发我们的心智，训练我们的说话能力，培养我们的文法基础。当她讲到忘我之境时，我们都觉得她就是书中慈爱的"马奇夫人"，我们就是围绕在她膝下的一群顽皮女孩。

《小妇人》的译者是郑晓沧先生。他的第三个爱女郑珊珊也是我们的同学，比我们低一班。她娴静怕羞，弹一手好钢琴，可是体质文弱多病，我们都觉得她有点像《小妇人》里的三妹佩丝①。不幸的巧合竟是，她也像佩丝一样，因病早逝了。我们虽不同班，但对她印象深刻，都感到非常伤悼。学校为她举行追思礼拜那天，郑晓沧先生来了。他含着眼泪，对大家致辞说："珊珊的性情非常温驯沉静，对文学与音乐极为爱好，小小年纪，已能协助我整理文稿，代我抄文章，她是我最最好的朋友和帮手。我在翻译《小妇人》至佩丝之死时曾废笔而起，心中似有不祥预感。没想到她真的与佩丝一样，早早离开我了。"当他讲到他们父女相知之深、相依之切时，已泣不成声，我们也都泪如雨下。最后，郑先生却以低沉肯定的语音说："请大家不要再悲伤，因为珊珊在人间虽只有短短的几十年，却活得很幸福、很快乐。如今她先蒙主召回去，我们一家终将重聚。在天国里，大家都会再相聚的。"

他用手帕抹去眼泪，跨下讲台时，我看到他两鬓花白，步履

---

① 佩丝：今译作"贝丝"。《小妇人》里马奇先生的三女儿，柔弱而惹人爱怜。

蹒跚。在哀伤的圣乐中，我不由得茫然地想："天国究竟在哪里？我们真的能和珊珊再见吗？"

由于郑珊珊的去世，我们更多了一份对生死离别的体认。在读《小妇人》时，对于三妹佩丝的早逝，与二姐乔对佩丝超乎手足之情的知己之感，也格外地感动了。

升高中以后，施老师虽不再教我们英文，却时时勉励我们要多多重读这本好书。对我来说，《小妇人》《好妻子》与续集《小男儿》始终是我最最心爱的书，也是我忧患苦难中的良伴。大学毕业回到故乡，避乱山区，此书却不幸遗失了，我就像失去一个可以朝夕倾诉的好友似的。幸好在一座高中图书馆中找到一本，花了半个月时间全部抄下来，这样的抄本应该是比原版更值得珍惜的，到台湾时也已带了出来。没想到在法院服务时，放在办公室抽屉中忘了上锁，有一天竟不翼而飞了。与它同时失踪的是我另一本手抄的《诗词我爱录》。这几十年来，每一想起，心头都嗒然如有所失。是哪个"爱书人"如此不谅，偷去我的两种海内孤本呢？

现在，我又有一本《小妇人》原版书了。它愈是古朴陈旧，愈是牵引我的旧日情怀。每晚临睡前，我都捧着这本书，抚摸一阵，再翻开来随意阅读，随心朗诵。施老师慈祥的笑容与语音就会在我耳边响起，我又回到天真无邪的中学时代。半生忧患，都抛诸脑后，然后怀着温暖、感谢与宽恕的心情，酣然入梦。

夜深一枕梦回，床头的台灯还亮着。哦，这台灯又是老古董，式样古朴，铜质的灯台非常扎实，它是一位阔别三十年、在海外重逢的老友送的。她原是一直把它收在地下室里，如今送给我用。灯罩破了两个小孔，朋友是位国画名家，她随兴补上一对蹁跹飞舞的蝴蝶。真有匠心，也助我于梦中化作忘忧的蝴蝶了。

现在我的书房兼卧室已充满温馨可爱的旧物了。捡来的小琴几，它虽不是我使用过的，可是它扎实又小巧，使我一见如故。我奇怪邻居这一对年轻夫妇何以毫不爱惜地将它丢弃。可能是他们老祖母的吧。美国的年轻一代总追求新，房子、家具、汽车，时常换新，他们不重视长辈的纪念品。有一次，我在车房大拍卖中，看到连贴有老长辈相片的相片本都摆出来卖了，看了令人心酸。我不由得凝视这张小琴几与下面的一沓贴相簿。有一天，我自己无能力处理它们时，它们将会有怎样的归宿呢？想到此，不由得自笑"人生不满白，常怀千岁忧"的可怜。

我总是这般的难忘旧日情，觉得旧衣好穿，旧物好用，正如陈酒好喝，老朋友最可谈心。这种恋旧情怀，在今日现实的工商业时代，岂不也是"一肚子的不合时宜"？

 第四辑 童年之忆·怀旧情

金盒子

记得五岁的时候,我与长我三岁的哥哥就开始收集各色各样的香烟片了。经过长久的努力,我们把《封神榜》香烟片几乎全部收齐了。我们就把它收藏在一只金盒子里——这是父亲给我们的小小保险箱,外面挂着一把玲珑的小锁。小钥匙就由我与哥哥保管。每当父亲公余闲坐时,我们就要捧出金盒子,放在父亲的膝上,把香烟片一张张取出来,要父亲仔仔细细给我们讲画面上纣王比干的故事。要不是严厉的老师频频催促我们上课去,我们真不舍得离开父亲的膝下呢!

有一次,父亲要出发打仗了。他拉了我俩的小手问道:"孩子,爸爸要打仗去了,回来给你们带些甚么玩意儿呢?"哥哥偏着头想了想,拍着手跳起来说:"我要大兵,我要丘八老爷。"我却很不高兴地摇摇头说:"我才不要,他们是要杀人的呢。"父亲摸摸我的头笑了。可是当他回来时,果然带了一百名大兵来了。他们一个个都雄赳赳的,穿着军装,背着长枪。幸得他们都是烂泥做的,只有一寸长短,或立或卧,或跑或俯,煞是好玩。父亲分给我们每人五十名带领。这玩意多么新鲜！我们就天天临阵作战。只因过于认真，双方的部队都互相损伤。一两个星期以后，他们都折了臂断了腿，残废得不堪再作战了，我们就把他们收容在金盒子里作长期的休养。

我六岁的那一年，父亲退休了。他要带哥哥北上住些日子，叫母亲先带我南归故里。这突如其来的分别，真给我们兄妹十二分的不快。我们觉得难以割舍的还有那唯一的金盒子，与那整套的《封神榜》香烟片。它们究竟该托付给谁呢？两人经过一天的商议，还是哥哥慷慨地说："金盒子还是交给你保管吧！我到北平以后，爸爸一定会给我买许多玩意儿的！"

金盒子被我带回故乡。在故乡寂寞的岁月里，童稚的心，已渐渐感到孤独。幸得我已经慢慢了解《封神榜》香烟片背后的故事说明了。我又用烂泥把那些伤兵一个个修补起来。我写信告诉哥哥说金盒子是我寂寞中唯一的良伴，他的回信充满了同情与思念。他说明年春天回来时给我带许许多多好东西，使我们的金盒子更丰富起来。

第三年的春天到了，我天天在等待哥哥归来。可是突然一个晴天霹雳似的电报告诉我们，哥哥竟在将要动身的前一星期，患急性肾炎去世了。我已不记得当这噩耗传来的时候，是怎样哭倒在母亲怀里，仰视泪痕斑斑的母亲。孩子的心，已深深体验到人事的变幻无常。我除了恸哭，更能以甚么话安慰母亲呢？

金盒子已不复是寂寞中的良伴，而是逗人伤感的东西了。我纵有一千一万个美丽的金盒子，也抵不过一位亲爱的哥哥。我虽是个不满十岁的孩子，却懂得不在母亲面前提起哥哥，只自己暗中流泪。每当受了严师的责罚，或有时感到连母亲都不了解我时，我就独个儿躲在房间，闩上了门，捧出金盒子，一面搬弄里面的玩物，一面流泪，觉得满心的忧伤委屈，只有它们才真能为我分担。

父亲安顿了哥哥的灵柩以后，带着一颗惨痛的心归来了。我默默地靠在父亲的膝前，他颤抖的手抚着我，早已呜咽不能成声了。

三四天后，他才取出一个小纸包说："这是你哥哥在病中，用包药粉的红纸做成的许多小信封，一直放在袋里，原预备自己带给你的。现在你拿去好好保存着吧！"我接过来打开一看，原来是十只小红纸信封，每一只里面都套有信纸，信纸上都用铅笔画着"松柏常青"四个空心的篆字，其中一个，已写了给我的信。他写着："妹妹，我病了不能回来，你快与妈妈来吧！我真寂寞，真想念妈妈与你啊！"那一晚上我整整哭到夜深。第二天就小心翼翼地把小信封收藏在金盒子里，这就是他留给我唯一值得纪念的宝物了。

我十九岁的时候，母亲因不堪家中的寂寞，领了一个族里的小弟弟。他是个十二分聪明的孩子，父母亲都非常爱他，给他买了许多玩具。我也把我与哥哥幼年的玩具都给了他，却始终藏过了这只小金盒子，再也舍不得给他。有一次，被他发现了，他跳着叫着一定要。母亲带着责备的口吻说："这么大的人了，还与六岁的小弟弟争玩具呢！"我无可奈何，含着泪把金盒子让给小弟弟，却始终不忍将一段爱惜金盒子的心事，向母亲吐露。

金盒子在六岁的童子手里显得多么不坚牢啊！我眼看他扭断了小锁，打碎了烂泥兵，连那几个最宝贵的小信封也几乎要遭殃了。我的心如绞着一样痛，趁母亲不在，急忙从小弟弟手里抢救回来，可以说金盒子已被摧毁得支离破碎了。我真是心疼而且愤怒，忍不住打了他，他也骂我"小气的姐姐"，他哭了，我也哭了。

一年又一年，弟弟已渐渐长大，他不再毁坏东西了。九岁的孩子，就那么聪明懂事，他已明白我爱惜金盒子的苦心，帮着我用美丽的花纸包扎起烂泥兵的腿，再用铜丝修补起盒子上的小锁，说是为了纪念他不曾晤面的哥哥，他一定得好好爱护这只金盒子。我们姊弟间的感情，因而与日俱增，我也把思念哥哥的心，完全寄托于弟弟了。

弟弟十岁那年，我要离家外出，临别时，我将他的玩具都理①在他的小抽屉中，自己带了这只金盒子在身边，因为金盒子对于我不仅是一种纪念，而且是骨肉情爱之所系了。

　　作客他乡，一连就是五年，小弟弟的来信，是我唯一的安慰。他告诉我他已经念了许多书，并且会画图画了。他又告诉我说自己的身体不好，时常咳嗽发烧，说每当病在床上时，是多么寂寞，多么盼我回家，坐在他身边给他讲香烟片上《封神榜》的故事。可是因为战时交通不便，又为了求学不能请假，我竟一直不曾回家看看他。

　　我不能不怨恨残忍的天心，在十年前夺去了我的哥哥，十年后竟又要夺去我的弟弟了。恍惚又是一场噩耗，一个电报告诉我弟弟突患肠热病，只两天就不省人事，在一个凄凉的七月十五深夜，他去世了！在临死时，他忽然清醒起来，问姊姊可曾回家。我不能不怨恨残忍的天心，在十年前夺去了我的哥哥，十年后竟又要夺去我的弟弟，我不忍回想这接二连三的不幸事件，我是连眼泪也枯干了。

　　哥哥与弟弟就这样地离开了我，留下的这一只金盒子，给予我的惨痛该多么深？但正因为它给予我如许惨痛的回忆，使我可以捧着它尽情一哭，总觉得要比甚么都不留下好得多吧！

---

① 理：整理；使整齐。

几年后，年迈的双亲，都相继去世了，暗淡的人间，茫茫的世路，就只丢下我踽踽独行。

如今我又打开这修补过的小锁，抚摸着里面一件件的宝物。贴补烂泥兵脚的美丽花纸，已减退了往日的光彩，小信封上的铅笔字，也已逐渐模糊得不能辨认了；可是我痛悼哥哥与幼弟的心，却是与日俱增，因为这些暗淡的事物，正告诉我他们离开我是一天比一天更远了。

桂花雨

中秋节前后，就是故乡的桂花季节。一提到桂花，那股子香味就仿佛闻到了。桂花有两种，月月开的称木樨，花朵较细小，呈淡黄色，台湾也有，我曾在走过人家围墙外时闻到这股香味，一闻到就会引起乡愁。另一种称金桂，只有秋天才开，花朵较大，呈金黄色。我家的大宅院中，前后两大片旷场，沿着围墙，种的全是金桂。唯有正屋大厅前的庭院中，种着两株木樨、两株绣球。还有父亲书房的廊檐下，是几盆茶花与木樨相间。

小时候，我对无论什么花，都不懂得欣赏。尽管父亲指指点点地告诉我，这是凌霄花，这是叮咚花，这是木碧花……我除了记些名称外，最喜欢的还是桂花。桂花树不像梅树那么有姿态，而是笨拙的。不开花时，只是满树茂密的叶子，开花季节也得仔细地从绿叶丛里找细花。它不与繁花斗艳，可是桂花的香气，真是迷人。迷人的原因，是它不但可以闻，还可以吃。"吃花"在诗人看来是多么俗气，但我宁可俗，就是爱桂花。

桂花，真叫我魂牵梦萦。

故乡是近海县份，八月正是台风季节，母亲称之为"风水忌"。桂花一开放，母亲就开始担心了："可别来台风啊。"她担心的第一是将收成的稻谷，第二就是将收成的桂花。桂花也像桃梅李果，也有收成呢。母亲每天都要在前后院子走一遭，嘴里念着："只要不来台风，我可以收几大箩，送一斗给胡宅老爷爷，一斗给毛宅二婶婆，他们两家糕饼做得多。"原来桂花是糕饼的香料。桂花开得最茂盛时，不说香闻十里，至少前后左右十几家邻居，没有不浸在桂花香里的。桂花成熟时，就应当"摇"。摇下来的桂花，朵朵完整、新鲜，如任它开过谢落在泥土里，尤其是被风雨吹落，那就湿漉漉的，香味差太多了。

"摇桂花"对于我是件大事，所以老是盯着母亲问："妈，怎么还不摇桂花嘛！"母亲说："还早呢，没开足，摇不下来的。"可是母亲一看天空阴云密布，云脚长毛，就知道要来台风了，赶紧吩咐长工提前"摇桂花"。这下，我可乐了。帮着在桂花树下铺篾簟，帮着抱住桂花树使劲地摇，桂花纷纷落下来，落得我们满头满身，我就喊："啊！真像下雨，好香的雨啊。"母亲洗净双手，撮一撮桂花放在水晶盘中，送到佛堂供佛。父亲点上檀香，炉烟袅袅，两种香混合在一起，佛堂就像神仙世界。于是父亲诗兴发了，即时口占一绝："细细香风淡淡烟，竞收桂子庆丰年。儿童解得摇花乐，花雨缤纷入梦甜。"诗虽不见得高明，但在我心目中，父亲确实是才高八斗，出口成诗呢。

桂花摇落以后，全家动员，拣去小枝小叶，铺开在簟子里，晒上好几天太阳。晒干了，收在铁罐子里，和在茶叶中泡茶、做桂花卤，过年时做糕饼。全年，整个村庄，都沉浸在桂花香中。

念中学时到了杭州，杭州有一处名胜满觉陇，一座小小山坞，全是桂花，花开时那才是香闻十里。我们秋季远足，一定去满觉陇赏桂花。"赏花"是借口，主要的是饱餐"桂花栗子羹"。因满觉陇除桂花以外，还有栗子。花季栗子正成熟，软软的新剥栗子，和着西湖白莲藕粉一起煮，面上撒几朵桂花，那股子雅淡清香是无论如何没有字眼形容的。即使不撒桂花也一样清香，因为栗子长在桂花丛中，本身就带有桂花香。

我们边走边摇，桂花飘落如雨，地上不见泥土，铺满桂花，踩在花上软绵绵的，心中有点不忍。这大概就是母亲说的"金沙铺地，西方极乐世界"吧。母亲一生辛劳，无怨无艾，就是因为她心中有一个金沙铺地、玻璃坵墭的西方极乐世界。

我回家时，总捧一大袋桂花回来给母亲，可是母亲常常说："这里的桂花再香，也比不上家乡院子里的桂花。"

于是我又想起了童年时代在故乡的"摇花乐"，和那阵阵的桂花雨。

幼儿的心愿

小威威才满两岁，一张圆圆的小嘴，英文夹中文，说个不停。

妈妈问他："威威，你长大了要做什么？"

"要当大大。"他很快地回答。

"我知道威威长大了要当 doctor。"只有妈妈才听得懂他的话。

有一天，他靠在窗子上向外看，忽然高兴得又跳又叫。妈妈奇怪地问他："你在看什么？"

"看倒倒。"他马上又说，"我要当倒倒。"

妈妈说："我知道，威威长大了要当 doctor。"

"不是 doctor，我要当倒倒。"他小手指着窗外。

妈妈走到窗边，看见巷子里进来一辆垃圾车，正在把桶子里的垃圾倒进车子，机器隆隆地响。妈妈恍然大悟，原来小威威是羡慕八面威风的倒垃圾的清道夫，才说要当"倒倒"。妈妈生气地说："没出息，怎么当倒倒？要当 doctor 呀。"

小威威心里一定在想,妈妈为什么一定要他当doctor?当"倒倒"多好玩呀!他想要当的,是他最羡慕的人物啊!

我儿子幼年时,我们不让他随便开冰箱,于是他最喜欢说的一句话就是:"我长大了要当修理冰箱的电器匠。"那样,冰箱就可以由他随便开了。

我回想自己幼年时,最大的志愿是"长大了要当小学老师",我就可以叫别人背书,打别人手心了。

幼儿看戏

有一次看评剧,台上演的是《芦花荡》,周瑜与赵云正杀得难解难分。听后排一个小男孩问他爸爸:"这两个哪个是好人,哪个是坏人呀?"做爸爸的回答:"两个都是好人呀!"小孩又问:"两个好人为什么要打架呢?"爸爸说:"好人跟好人有时也会打架的,你不是有时也会跟哥哥打架吗?"孩子不作声了。过了会儿又说:"爸爸,我不要跟哥哥打架了,我是好人,哥哥也是好人嘛。"

我听得乐不可支。过了一阵,周瑜又与黄忠打了起来。小孩又问:"爸爸,那个穿黄衣服的年轻人,胡子为什么这么白呀?"爸爸说:"那是假胡子,他要扮老人呀!"小孩说:"不要扮老人嘛,难看死了。"

我忍不住笑出声来,回头朝他看。他正用一条白围巾蒙住自己的下半边脸,模仿台上黄忠的白胡子,发现我在看他,不好意思地放下围巾,噘起小嘴说:"我不要白胡子,我不要当老人。"他的一派天真可爱使我再也无心看台上的戏了。我也不禁想起自己幼年时,坐在外公的怀里看戏的情景。我最喜欢看诸葛亮与关公,他们一出来,我就合掌拜拜。关公的马童一翻筋斗,我就拍手。我不喜欢周仓、张飞,因为他们的脸太大太黑了。

外公边看边讲笑话,他说关公在台上把桌子一拍,喊一声:"周仓在哪里?"周仓正在台下摘下胡子吃馄饨,听关公喊他,连忙上台,却忘了戴胡子。关公一看他下巴光溜溜的,又把桌子一拍说:"叫你爸爸来。"周仓一摸下巴,连忙下去把胡子戴了再上来,喊一声"周仓来也"。

外公说完了,边上的人都哈哈大笑,我好高兴外公出了风头。

最高兴的是第二天,戏班子全体到我家来游花园。我看出好几个人脸上的油彩都没洗干净,就问哪个是关公。那个演关公的就指着自己的鼻子尖说:"是我,是我。"我说:"你是忠臣,我最讨厌曹操,他是奸臣。"那个演曹操的大笑说:"我是演奸臣的,你看我是好人还是坏人?"我看他一脸和气,摇摇头说:"我不知道。"他说:"我也是好人呀。"我说:"你不要演坏人嘛!"他说:"都要演好人,坏人谁演呢?"我有点迷惘了。外公说:"台上的坏人好人你分得清,台下的好人坏人,就分不清。"我越发地糊涂了。

七八岁的童子,怎么懂得外公话里的意思?那时的我,不就跟现在后排那个孩子一样天真吗?

妈妈,我跌跤了!

小时候,我是个胖嘟嘟的笨娃儿,走路摇摇晃晃,一不小心就跌跤。有一次,跨厨房门槛时跌倒了,我生气地躺在地上不起来,尖起喉咙喊:"妈妈,我跌跤了。"谁知妈妈竟连看也不看我一眼,只顾拿着锅铲炒菜。我越生气越大声地喊:"妈妈,你没有看见我跌跤了吗?"妈妈转过脸来,慢吞吞地说:"跌跤了就爬起来嘛。"我说:"我膝盖好疼啊!"妈妈笑了,越发慢条斯理地说:"你膝盖是豆腐做的呀?"我说:"门槛太高,把我绊倒了,膝盖都碰紫了呀。"妈妈不说话了,也不走过来扶我。在灶下添柴烧火的五叔婆说:"对呀,门槛太高,是门槛不好,把你绊倒了,快用拳头捶门槛吧。"我握住小拳头,正要捶门槛,妈妈放下锅铲,走过来大声地说:"起来,是你自己不小心跌跤的,怎么怨门槛。再赖着不起来,我就要打你了。"我吓得一骨碌爬起来,噘着嘴,想哭又不敢哭。但也并不向五叔婆身边跑,因为都是她叫我捶门槛,惹妈妈生气的。

我站在门边,半天不敢往妈妈身边跑。妈妈已炒完菜,坐在长板凳上,似笑非笑地看着我。我这才一步步挨上前去。她把我拉到怀里,慢声细气地说:"走路要小心,做什么事都要小心。做错了就想想看,是怎么错的。不要怨别人。"我抽抽噎噎地说:"我是想过了,是门槛太高,把我绊倒的呀。"妈妈笑嘻嘻地说:"门槛是高了点儿,但你天天在跨进跨出,今天又不是第一次。跨高门槛,脚要高点儿,就不会绊倒啦!绊倒了也就自己爬起来嘛。你这样躺在地上喊妈妈,不是耍赖吗?妈妈不喜欢你这样。"

我呆呆地听着,眼睛一直盯着妈妈看。看她脸上已一点生气的样子都没有了,我才抹着眼泪说:"妈妈,我下回不耍赖了,跌跤了就爬起来,我要小心走路。阿荣伯伯说的,小姑娘脸上跌破了有个疤,就是破相。"我还没说完呢,五叔婆马上接着说:"对呀,破了相的姑娘,长大了有谁要呀!"我好生气,跺着脚喊:"五叔婆,我不要你管。"我又抽抽噎噎地哭起来,为什么五叔婆要这样对我冷一句热一句的呢?

妈妈一声不响,只把我紧紧抱在怀里。用暖烘烘的手,抹去我的眼泪,好久好久,她才附在我耳边轻声地说:"听妈妈话,不要哭。五叔婆是很疼你的呀。"

我仰脸看见妈妈眼中也满是泪水,才赶紧忍住不再哭了。我不愿妈妈为我伤心。阿荣伯伯说的:"母女连心。女儿哭,妈妈心疼。女儿不乖,妈妈心碎。"我紧紧抱住妈妈喊:"妈妈,我乖了，你不要哭啊。"

五叔婆愣愣地看着我们半天，忽然叹口气说："看你娘儿俩多亲昵！我就没哪个喊一声娘，劝我别生气、别哭。"

我听了好难过，才知道五叔婆没有儿女在身边，很孤单，很苦。我也越发感到妈妈搂着我的温暖和幸福。

晚上临睡时，妈妈柔声对我说："小春，以后记得不要再惹五叔婆生气。长辈们都是心事重重的啊！"

看妈妈眼中汪着泪水，我好像一下子明白了，妈妈也是心事重重的人。我以后再也不顽皮、不要赖，免得妈妈为我太操心，才是孝顺女儿啊！

关公借钱

小时候在乡下看庙戏,总是外公或长工阿荣伯牵着我去。

起先是规规矩矩坐在外公身边,猛啃甘蔗与荸荠。啃够了,就站在条凳上,踮起脚尖来看,又嫌被人挡住看不见,就要阿荣伯抱我挤到舞台边,把台上的戏囡儿看得清清楚楚。(我家乡称演员为"戏囡儿",大概认为他们是逗人快乐的囡囡吧!)我最喜欢那个演貂蝉的花旦,手托亮晃晃的铜盘,转得好利落。我还喜欢红脸关公和黑白花脸张飞,他们一出来,我就合掌拜拜,把他们当神佛一般。我尤其喜欢看张飞发脾气时,踩着脚"哇啦哇啦"地大叫,回家来就学给妈妈看,妈妈笑骂:"姑娘家这样粗俗,多难看呀!"

他们唱完戏,都会到我家大宅院来游花园。我就紧跟在他们后面,一个个分辨,哪一个是扮关公的,哪一个是扮张飞的,有的连脸上的水粉都没洗净呢。母亲认出那个扮小丑的,笑着对他说:"你这个白鼻头儿,在戏里是个害人精,看你人倒是忠忠厚厚的嘛!"他说:"太太,我若是在戏里不会当害人精,就没饭吃啰！"外公坐在柴仓边的竹椅里，只是摸着胡子笑。

外公却悄悄告诉我说："你妈妈最喜欢扮蓝袍青天大人的那个戏囡儿，也就是你最喜欢的红脸关公。昨天他推牌九，把一荷包的钱输得光光的，连买馄饨的铜板都没有，向我借，我就借了他一块银洋钱。"

"一块银洋钱呀！"我眼睛睁得大大的。

"哦，他们都好穷啊！挣一个，花一个，也不会积蓄。你不要告诉你妈哟，她会心疼的，又要埋怨我乱花钱了。"

"他会还你吗？"我也很心疼那块白花花的银洋钱呢。

"还什么呀？他们今天到东，明天到西，也不知今生今世会不会再碰头呢！"外公轻轻叹了一口气。

我愣愣的，心里说不出是什么滋味儿。

几天以后，老师要我写日记，写篇《看戏的感想》。我原只想写《我最最敬仰的关公》。因为我听小叔讲过《三国演义》，心里浮起的形象，是舞台上的关公，右手捧着一卷书，左手捋着长须，挑灯夜读《春秋》的威严，多么令人敬仰！可是一想到扮关公的戏囡儿是个呼幺喝六，赌钱赌得满头大汗的人，就怎么也写不下去了。

我咬着笔杆发呆，外公说："你就写《关公借钱》，不是很有趣吗？"我连连摇头说："不要，我不要把心里的关公变成那个样儿。"

那篇日记,就没写好,糊里糊涂凑几笔就交给先生,先生看了很生气地说:"心太散漫,以后不许看戏了。"我心里只想哭,觉得以后也真的不想看戏了,看了戏,人究竟是好是坏都分不清了。

儿时不再

每回看《我爱大自然信箱》，小朋友们问杨平世老师有关生物的各种问题，马上觉得自己也会缩小回去，缩至六岁那么小，只想高高举起手来喊着问："老师，我有一个问题，蚂蚁会不会打喷嚏？""老师，我还有一个问题，蚯蚓长大了，会不会变成蛇呢？"

我为什么会想起这样古怪的问题呢？是因为我小时候生长在乡间，每天趴在泥巴地上，数着蚂蚁爬来爬去。有时一阵大风吹来，觉得好冷，会打喷嚏，想想蚂蚁那么小，会不会怕冷，也打喷嚏呢？我问外公，外公总是点头说："会的会的。"却又说不出个道理来。至于蚯蚓呢，那是我最怕的虫类。那样子好丑、好腻味，可是外公说蚯蚓在泥土里打洞，把土打松，好吸收雨水，是益虫。又说蚯蚓命大，是"小蛇"。蛇呢？命更大，是"小龙"。我的生肖又偏偏属蛇，不可同类相残。

我还有个问题也想问老师："过新年，百脚蜈蚣妈妈要给它的三个儿子、两个女儿做新鞋，它竟然一口气要做多少双呢？"

那时候人类都还没有家庭计划①观念。虫儿更不会有，所以蜈蚣妈妈生了一大堆儿女，好辛苦啊。

当然最后这个问题应该问数学老师的。

又有一次，我忽然心血来潮，写信到儿童信箱问一个问题："蜘蛛听不听得懂人唱歌呢？"我问这话是有原因的。就是那个星期六早上，我在院子里看见一只小蜘蛛爬得好快，想从我脚缝中逃走。我立刻把脚移开，生怕踩到它，蹲下去轻轻对它说："蜘蛛，你别怕，我不会杀你的。你慢慢地爬，爬回洞里去吧。你妈妈在找你啊。外面马路上好危险，你得沿着水沟边爬才比较安全呢。"别人一定觉得我是个神经病，蜘蛛怎么懂人语呢？其实是因为我小时候，就是看到母亲常常这样跟昆虫们细声细气地说话的。她除了对苍蝇、蚊子才骂"讨厌死了，打死你"以外，其他的虫儿，都像是她的好朋友。现在我比母亲当年的岁数还大了，可是一想起母亲来，我就变成孩子了。

说也奇怪，我这么喃喃地自言自语着，小蜘蛛竟然停了下来。我真是好高兴，高兴得马上对它唱起歌来，唱一支幼年时母亲教我的歌："虫虫嬉，雀雀飞。虫虫田里吃谷米。雀雀飞上高山吃棠梨。"我一遍又一遍地唱，越唱越开心。再没想到那只小蜘蛛居然转过身来，把脸对着我，两只前脚凌空举起来一动一动

---

① 家庭计划：此处指计划生育。

地像在舞蹈，嘴巴也一动一动的。它一定是听懂了我的歌，它也高兴起来了。我这一乐真是非同小可。心里想，不管这是不是偶然的巧合，至少蜘蛛也有第六感，它感觉得出来，这个人没有害它的心。空气中荡漾的一定是一种温和的音波，而不是急速的拍打所引起的剧烈震荡，所以它也安心地欣赏起我的歌儿来了。

和蜘蛛"珍重道别"以后，回到屋里，我就写信去儿童信箱问这个问题。杨老师给我回信说："不能确定蜘蛛是不是听得懂人唱歌。但你所想的多少也有点合乎科学的道理。"从这些回答中，我获得不少知识，也解答我不少疑问。尤其是他们的有奖征答，想出来的问题是那么生活化，却是我们时常忽略的，或是想知道而无法知道的。经他们一问，我也只想猜猜看，如果我只是六岁的两倍——十二岁的话，我一定会应征回答，可惜我已经是六岁的十一倍，没有资格了。想想光阴是多么宝贵的东西，一被它跑掉，就再也追不回来了。我只想缩小回到六岁的幼年，却是再也缩不回去了。

尽管我已是六岁的十一倍，却不是个哈腰驼背、哈欠连天的老太太。我走起路来，健步如飞（在初中时竞走第一名）；吃起东西来，冷的热的，炸的炒的，甜酸苦辣的，样样都爱吃，嘴馋嘛。讲起幼年的故事来，那真是有一大箩筐，没完没了哩！

如果我能细心、耐心地从百忙中挤出时间一个个地写，那该多么好呢！

妈妈罚我跪

小时候,只要我过分顽皮惹妈妈生气,她就绷起脸说那三个字:"去跪下。"我就"蹬蹬蹬"跑到佛堂前的小蒲团上跪下。那是外公特别用软软的蒲草给我编的,他说那才是真正的蒲团,在佛堂里越跪久越会长大,佛菩萨会保佑我聪明又健康。所以我一点也不怕妈妈罚我跪。

有一天,我因为偷吃了一块妈妈刚刚做好供佛的红豆枣泥糕,不等她开口,我就主动要去佛堂罚跪。妈妈偏说:"不要去佛堂,就在厨房里跪。"我知道佛堂里供有一大盘香喷喷热腾腾的枣泥糕,妈妈生怕我再偷吃。其实我就是不吃,跪着闻闻那香味也是好的。可是妈妈令出如山,我若是不听话,连中午特别为我蒸的新鲜黄鱼中段也不给我吃了。我只好扮出一副苦脸央求:"厨房的地太凉太潮湿,跪久了会得风湿病的。"妈妈想了想,忍住笑说:"那就在厨房里罚站吧。"罚站呀,妈妈又想出新招来了。都是我自己不好,告诉妈妈邻居小朋友王玉在乡村小学念书,背书背不出来,老师罚她对着墙壁站五分钟,因为学校的水门汀①地都是灰土,而且女孩子跪着也不好看。王玉对我说时还眉飞色舞,好像觉得男生罚跪,她罚站,高他们一大截的样子呢。妈妈听了还笑眯眯地夸老师处罚得当,夸王玉诚实懂事。现在她也要罚我站,算是让我升级了。我又娇声娇气地说:"王玉是对着墙壁站,我们厨房的墙壁灰秃秃的,还挂着咸鱼,有一股子腥味,我就对着灶神爷站好吗?"妈妈觉得也有道理,就点点头,这时她已笑眯眯的,一点怒气也没有了。我毕恭毕敬地站着,却又忍不住问:"妈妈,您小时候,外公外婆罚您跪吗?"妈妈瞪我一眼:"罚站时不许说话。"过了一会儿,再叹口气说:"你又不是不知道你外婆过世得早,是你外公把我带大的。你去问外公吧,问他有没有罚过我跪,我小时候是不是像你这样不听话。"外公那时在廊前晒太阳,我马上朝灶神爷拜了三拜说:"我这就去问外公。"就立刻溜出厨房,一次严重的罚站就这么结束了。我跑到廊前,扑在外公暖烘烘的怀里喊:"外公,妈妈要罚我跪,后来又改了只罚我站,站得脚板心好疼哟。"外公敲着旱烟筒问:"你做错了什么事呀?"我说:"没做错事,只不过吃了块供佛的红豆枣泥糕。"外公问:"妈妈看见你拿去吃的吗?"我摇摇头,外公说:"不先问妈妈,自己拿来吃就是偷。"我委屈地说:"我

---

① 水门汀:意思是水泥,有时也指混凝土。

肚子好饿，妈妈老是要我等，等供了佛和祖先、等外公和阿荣伯都坐上饭桌，再分给我吃。我还小，禁不得饿的呀。"外公呵呵地笑了，把我搂得紧紧的说："哦，小春还小，小春已经很听话很乖了。"我仰起头，摸着外公的灰白胡须问："外公，妈妈小时候，您有没有罚她跪呢？"外公摇摇头说："没有，你妈妈从小就懂事，从不惹我生气。她没你命好，没娘疼她，外婆过世得太早啊。"外公不再说话了，脸上像很忧伤的样子，我就不敢多问了。但我知道，"罚跪"是一种很重的惩罚。罚过跪，一定要牢记心头，不要再犯错。妈妈因为疼我，要我学好，才罚我跪的。

可是运气真不好，那天老师要我背一段《孟子》，我一眼看见他佛堂里供的也是妈妈送过来的红豆枣泥糕，我闻着香味，《孟子》竟结结巴巴地背不齐全了。老师生气地一拍桌子说："跪下。"我哭丧着脸说："早上已经在厨房里被妈妈罚过了。"我没说罚"站"，因为老师佛堂前的蒲团很软很舒服，我宁可"跪"。

老师仍很生气地说："你妈妈罚你是另一回事，我罚你是因为你书背不出来。"我就乖乖儿地走到佛堂前，跪在蒲团上。没想到老师又大声地说："跪在地板上，蒲团是我拜佛跪的。"我说："老师，我边跪边拜佛好吗？我会念《心经》《大悲咒》，妈妈教我的。"大概是我那一脸的虔诚，感动了严厉的老师，他沉着脸点点头说："好吧，你就跪在蒲团上念《心经》《大悲咒》，佛会保佑你聪明健康的。"他把佛堂里的一串念佛珠取来挂在我脖子上,我就闭目凝神地念起来。越念越高兴。想想老师尽管对我那么凶巴巴的,心里一定还是很疼我的。不然为什么要菩萨保佑我呢?我双膝跪在软绵绵的蒲团上,眼睛注视着香炉里升起的袅袅青烟,想着每天清早随妈妈并排儿跪着念经拜佛时,妈妈一脸的虔诚,使我有一份说不出的安全感,才知道跪并不是一种惩罚,而是让我静下心来慢慢地想,那就是老师常常教我的"反省"吧……

岁月悠悠逝去,而当年罚跪情景,如在目前。想起慈爱又辛劳的母亲,想起温而厉的老师,领悟到他们对我的罚跪,含有多么深的爱和期望啊!

 第五辑　仁爱之心·慈悲情

永是有情人

去邮箱取信时，遇到邻居老太太。她亲切地拉着我的手，和我聊了好半天。

深秋的寒风吹拂着她的白发，她拉了拉围巾，神情黯淡地说："以前都是我那老伴儿出来拿邮件，他就趁机站在外面抽一支烟，抽完了才回来，因为我不让他在屋子里抽烟。现在想想真后悔，他就这一点点嗜好，我为什么不让他舒舒服服地坐在家里抽烟呢？"

她想起逝世将近两年的老伴儿，眼中汪着泪水。"头白鸳鸯失伴飞"，她心中的哀痛可想而知。虽然她的女儿们周末都会回来探望她，但是夫妻情终究是无可替代的。

夫妻间的相依相守，年少时是情深似海，到了老年则是义重如山。由海的波澜壮阔到山的稳重不移，是要用尽一生来体认的。

总记得当年母亲说过的一个比喻。她说："夫妻间的亲密，就像牙齿和舌头。舌头常常被牙齿咬出血来，但过一会儿又会自然好了。"我当时听了却生气地说："爸爸远在外地，离你十万八千里，连信都很少写给你，有什么牙齿把舌头咬出血来的事呢？"母亲淡然一笑，说："离远点也好，眼不见，心不烦，有你就好了。"

母亲内心在婚姻上所受的痛苦，岂是我这少不更事的女儿所能体会的？想想母亲一生都在忍与等——忍受丈夫对她的冷落，却又等待他的归来。令人痛心的是，父母亲一生都没交谈过多少话，可是父亲临终时，紧握不放的却是母亲的手。那最后的一握，包含了多少忏悔，多少情意？

那是旧时代的婚姻悲剧，令人不可思议。如今，有的少男少女由两心相悦而同居、试婚、结婚，而至离婚，由相敬如"宾"到如"冰"，似都不足为奇。是多变的社会形态、淡漠的人情使人们不再重视婚姻与夫妻情呢，还是"山盟海誓"只是文人笔下的歌颂之词？

北宋词人叹息："相思本是无凭语，莫向花笺费泪行。"而今天双方打一通电话，就可情话绵绵，哪里还用得着"花笺"？一朝不合而分手，也就不会费什么"泪行"了。

但无论如何，男女双方由相爱而结为夫妇，情感应当是最真挚而且圣洁的。记得一位长者说过"幸福婚姻ABC"的名言："夫妻要彼此欣赏，连缺点也要能欣赏（appreciation），要彼此相依相属（belonging），要彼此信赖（confidence）。在欣赏、信赖、相属中，才能享受到无穷幸福。"说得真对。

词人说："换我心，为你心，始知相忆深。"这个"换"字，不就是推心置腹，相互欣赏、信赖之意吗？

说实在的，有情人成眷属不难，成了眷属要永是有情人，这才是做夫妻一生一世都得体味的深意。

放 生

　　有一天走在衡阳路,看见一群人围在街角看热闹,有的指手画脚,有的摇头叹气。我猜想一定又是那个无奈的母亲,展示她头大如斗,躯体如蛙的畸形儿,以博取过往行人的同情。我已经在不同的地点看到过两三次,总是匆匆向地上钵子里丢下几个钱,又匆匆逃开。这次我还是忍不住挤进人群去偷觑一眼,却发现是一只中型圆桌面那么大的乌龟,爬行在地上。旁边停着一辆手推板车。一个壮健的男人,双手叉腰,额上冒着汗珠,口沫飞溅地大声吆喝着:"做好事哦,哪一个买了去放生做好事哦?"在如炙的烈阳下,大乌龟的背壳,泛着枯干的土黄色。笨拙的身躯,困顿地移动着。半个头伸在壳外,无力地向左右缓缓摆动。眼角满是黏膜,嘴微微张合着,似在向人类求援,看来它一定离开大海很多天了。我真是好不忍,恨不得捧一桶水淋在它身上,使它能得片刻清凉。可是我竟一点办法也没有,只颤声地问那男人:"它这样不会枯死吗?"

　　"不会的,乌龟的耐性大得很呢。"他的目光探索地望着我问:"太太,你要买吗?"

"你卖多少钱呢?"我的声音更低了。

"一万块,"他把食指一伸,"做好事嘛,你付了钱,我马上代你送到海边去放生。"

我愣在那儿好半天,只想对大乌龟哭一场。莫说我当时身边没有一万元,即使有,相信自己也绝不会这么慷慨,因为一万块钱究竟可以买不少东西了。但是我内心又有一份见死不救的歉疚,只好对自己说:"你即使买了,也不可能跟他一同去,亲眼看他把乌龟丢进海中。即使真这么做了,你能保证不会在转瞬之间,仍被他捞起,再去做第二笔生意吗?"这样想着,仍不能减轻心头的负荷,乃不禁对老龟喃喃起来:"龟啊,你是如此愚笨,偏偏人类是如此诡谲。你为何不在深海中过悠游岁月,而要来到岸边?难道以你千岁以上的高龄,还会对繁华人世产生好奇心吗?还是你本来是在深海之中,只因对人类太信任而误入沟中呢?如今我眼看你受苦受难而无法拯救。不但因我力量微薄,也因我同样是自私的人类,一丝脆弱的善念,敌不过对实际利益的考虑。我一样地舍不得以大笔金钱挽救你于生死边缘。现在只有为你虔诚地祈祷,慈悲的菩萨,保佑你脱离苦海,早登彼岸。"说也奇怪,老龟好像有感应似的,身子渐渐转过来,伸长脖子,似含泪的眼睛,定定地望着我。我心中愈感动,却也愈惭愧、愈沉重。明知这样的默祷，只为减轻自己的罪孽感，对大龟又何尝有丝毫帮助。我这种行为与旁边无动于衷的看热闹者相比，也无非五十步与百步之间。转念这个世界，芸芸众生，相生相克，弱肉强食的悲惨，不由得悲从中来。

围观的人群已渐渐散去，我却呆呆地和老龟对望良久，终不得不怅怅地离去。踯躅街头，此心茫茫然无所依归。闹市行人匆匆，熙来攘往。商店橱窗一片繁荣景象。浸润在安定幸福中的人们，何曾想到在同一个时刻里，正有多少生灵在受苦受难？

回家以后，心里一直惦记着那只挣扎于烈阳下的老龟。不知可曾有仁人君子，真的把它亲自送回大海。我既然见过它一次而又舍之而去，就像这一生都欠了它一笔债似的，永难忘怀。深感佛家的爱惜生灵，拯救众生于苦厄之中，岂是一件容易做到的事？许多吃斋拜佛的人放生，还不只为自己求福，有多少是出于怜悯之情呢？

这件事，使我想起多年前有一个夏天，在东山中学听诸法师讲经。讲座结束那天，最后的典礼是"放生"。只见走廊里堆叠着十几只鸟笼，据说是信徒们捐款购买，远自嘉义运来的。笼里的麻雀挤得水泄不通，吱吱唧唧的悲鸣声，令人惨不忍闻。我只想奔过去开启笼门，放出奄奄待毙的麻雀。可是庄严的法师，正在台上大讲慈悲佛法普度众生的大道理，不容我擅自破坏程序。

法师讲罢,才敲起木鱼钟磬,诵经拜忏一番,念完了《大悲咒》《往生咒》,再慢条斯理地走到鸟笼边,抽启笼门放生。可怜的小生命,大半都已气绝多时。少数一息尚存的,也都羽毛凌乱,翅膀折断,趴在地上不住地抖着。我实在不忍心再看,便悻悻然走开了。想想这批善男信女们,为了"自求多福",乃使无辜的麻雀,遭此浩劫。明明是把自己的幸福,建筑在众生的痛苦上!这比起贪口福之欲而杀生的,尤为残忍。我愈想愈怏怏地无以自解。归途中正好和老和尚同车,我忍不住请教他说:"大乘佛法,不但要自己了生死,也要众生了生死,所以念佛要发菩提心。以一身所受之苦,推悯众生之苦。发愿超度众生,是要随时随地,救众生于苦厄之中。像今天这样的放生,岂不大大违背了我佛本怀。"法师年迈,昏昏思睡。听我唠叨了半天,只合十念了一声:"阿弥陀佛,罪过罪过。"我本无慧根,如何参得透这个禅,也只好在心中念一声:"阿弥陀佛,罪过啊罪过!"

这一场麻雀的浩劫,更使我想起幼年时家中多次的放生情景。那时我们家住杭州,每年逢到曾祖父母及祖父母生辰,都要去净慈寺念经做水陆道场。也是哥哥和我最快乐自由的时光。因为吃素的家庭教师也去寺院一同念经,放了我们七天假,我们可以在庙里撒开地玩。哥哥还得跟着父亲,跪在蒲团上上香,我是女孩子,没有资格,只好远远地站着看。这种场面是很严肃的,不许讲话不许笑，连咳嗽打喷嚏都得忍着。幸得上供完毕以后，佛堂上换下来的糕饼水果，总有我俩的份，这都不稀奇，我们最盼望的就是看放生。

放生那天，大殿走廊里，一字儿排满大大小小的竹篓，篓子里是螺蛳、甲鱼、鳝鱼、蛤子等等。我们蹲在旁边，一篓篓地看，一阵阵腥气冲鼻而来。螺蛳看似毫无动静，但不时发出嘶嘶嘶的声音。湿漉漉的鳝鱼，挤上挤下地蠕动着，最是腻味。蛤子有许多只微微张开壳，小肉脚伸出来，我用指头一碰，它马上缩了回去，差点夹住我的手指尖。甲鱼是最安静的，一副老僧入定的样子。我们巴不得法师快快念完经，快快把它们放进放生池去。放生池非常大，深不见底。哥哥问厨子老刘，池子里放的生越来越多，怎么装得下呢？老刘说："这个池通外面的河，慢慢地它们全游出去。但是到了外面，又会被人捞起，再卖给施主。这还称运气好的，倒霉的就被人家买去烧来吃了。"哥哥生气地说："这还放什么生呢，明明是骗人嘛。"老刘说："哪家放生，就是哪家的功德，别的就管不着了。"我呆呆地听着，实在不懂，为什么一边放生，一边又捉回来把它吃掉呢？老刘指指一篓蛤子说："这次我买了蛤子，二叔婆还不高兴呢！"我问为什么，他说："因为她最喜欢吃蛤子，放过生的东西，以后就不能吃啦。"他又叹口气说："我每天做菜，烫蛤子的时候，一壶开水冲下去，

第五辑　仁爱之心·慈悲情

一下子不知死多少生命，心里也很难过，才特地买点蛤子来放生，也给自己赎赎罪。"哥哥摇摇头说："你这种想法不对，这叫作自相矛盾，老师说的。"哥哥比我大三岁，说出话来就很有学问的样子。我担心的是自己也喜欢吃蛤子，现在看见放了生，不是也不能吃了吗？我问老刘："你杀了活东西给别人吃，你的罪过是不是一样重呢？"老刘笑眯着眼说："我呀，命苦当了厨子，老爷太太要吃什么我就得做什么。每回杀鸡杀鸭的时候，我就念：'鸡呀鸭呀你莫怪，你是人间一道菜。人不吃来我不宰，你向吃的去要债。'"听得我们咯咯地笑个不停。

  法师们念完一堂经，鱼贯来到竹篓旁边，用竹枝蘸着钵子里的净水，在每个篓子上面洒一下，凉凉的水珠，都溅到我鼻子尖上来。我悄悄地跟哥哥说："我们也溅到净水了。如果掉在河里，菩萨保佑，就不会淹死了。"哥哥说："傻丫头，自己不会游水，菩萨也保佑不了你呀。"哥哥的见地总是比我高一筹，我是很佩服哥哥的。

  我们走到放生池旁的竹林里去玩，忽然发现有一个大纸包，打开一看，全是螺蛳。我们奇怪地大喊起来，老刘走来一看，拍了下后脑勺说："我知道了，准是二叔婆抓一把偷偷放在这里。"

  "那为什么呢？"我们奇怪地问。

  "你猜猜看。"老刘神秘地说。

"我猜到了。"哥哥说:"二叔婆从大篓子里抓出来,特地为自己放生的,她一定在这包螺蛳上念了好多经。"

"一点不错。"老刘说。

"那为什么呢?"我真不懂。"她又为什么不抓蛤子呢?"

"傻瓜,她不是喜欢吃蛤子吗?所以蛤子不能放生。还有,她自己没钱买来放生,就抓一些螺蛳来算是她自己的,多念些经在上面,她以为就会保佑她长命百岁了,其实菩萨才不替你分那么清楚哩!"哥哥大不以为然地说。

老刘只是眯着眼睛笑,我觉得大人们有些事情,真把我搞糊涂了。二叔婆长年在我们家做客,爸爸妈妈待她跟亲长辈一般。在放生这件事上,她为什么还要分得那么清楚呢?难道菩萨也跟人一样,喜欢管闲事吗?

回到家里,我悄悄地把竹林子里有一纸包螺蛳的事,告诉母亲。母亲拍拍我的头说:"二叔婆有她的想法。她这样做,功德也是一样的。你可千万别去问她,也不要对别人说,知道吗?"哥哥和我都点点头,可是哥哥总是那副大不以为然的样子,也不知道是不高兴二叔婆呢,还是不满意放生这回事。

我想起蛤子张开嘴吐着小肉脚的样子,真想立下心愿,跟母亲一样,不吃蛤子。可是每回看到饭桌上那盘蛤子,葱姜麻酱油香味扑鼻而来,又实在忍不住。我推着母亲的手臂说:"妈妈，你也吃蛤子嘛。"母亲笑笑说："妈妈不吃。你吃吧，蛤子补血的。"我说："你为什么不要补血呢？"母亲说："我吃三净素，不能吃蛤子。"我又问："什么叫三净素呢？"母亲说："不亲眼看见杀的，不为你杀的，还有就是肉边菜。"哥哥眨眨眼睛说："这一大盘蛤子都是为款待二叔婆杀的，她吃得最多，才罪过呢。"母亲正色道："不许这样说话。"哥哥伸伸舌头，又想起来问："妈妈，老刘说你吃随缘素，什么叫作随缘素呢？"母亲这下高兴起来了，笑嘻嘻地说："随缘素呀，是修行人最最有功德的素了。其实也不是什么特别的素。就是当你到朋友家里做客，主人特地要为你杀鸡，你就说：千万别杀，我今天吃素。这不就救下一条命了吗？还有你如果真逢吃素的日子，到别人家里，就不要说出来，免得主人为你做素菜的麻烦，只顾不声不响拣素点的东西吃，这就叫作随缘素啦。"哥哥顽皮地说："我也要吃随缘素，专门吃妈妈做的肉丸底下的山东白菜，黄鱼旁边的豆腐，才叫好吃呢。"母亲笑得咯咯地响，说："你们这两张刁嘴巴呀，福可别享尽啰。"

想起母亲当年吃素态度的圆通，戒杀心意的虔诚，才真正贯彻了放生的意义呢。今天国民生活水准如此之高，人们于饱饫郁厨①之余，为了怕营养过剩得各种病症，才想到以素食调剂，哪里是为了爱惜生灵呢？我年事日长，倒是对荤腥愈来愈厌。又以体力不济，懒去菜场，只在附近小贩处买点蔬菜豆腐水果，既简便又卫生。原是肉食的外子，也因轻微的痛风症不得不节食。但常常讥我不食人间烟火，他忍不住要对屠门而大嚼，我也真为他感到无可奈何。最近一位朋友的女儿自美国来信说："好想念潘阿姨香喷喷的熏鸡和啤酒葱焖鸭啊。"任是她如何夸赞，也引不起我数年前那份烹调的兴趣。只觉得菜场里宰鸡鸭的悲鸣声，惨不忍闻。而血淋淋的动物肢体，一具具躺在砧板上，一刀刀被人宰割分尸，看了真令人作呕。但是我始终不曾为了积福积德而放过生。连眼看濒临死亡边缘的一只老龟都无法拯救，而至怅憾无穷。看来也只有吃吃三净素或随缘素，既不违摄生之道，也是纪念慈母的一点心意吧！

---

① 饱饫郇厨：指膳食精美，吃得饱饱的。饫（yù），饱的意思。郇（huán）厨，唐代韦陟，袭封郇国公，性侈纵，穷治馔馐，厨中多美味佳肴。后人因以"郇公厨"称膳食精美的人家。

再见，呆呆

每当我心绪烦乱之时，就会想起，去看一下呆呆吧。呆呆会令人忘忧的。

好几个月前有一天，我从学校回来，站在一间文具店门前等车，发现身边一个矮矮的铁笼里，一只小小的猴子，在眨着眼睛看来往行人。我从来没有看到过猴子的脸容有这样接近人类的。它有两道修长的眉毛，一对水蓝的眼睛，鼻梁笔直，嘴唇与下颚平整，鹅蛋形的脸，脸上没有毫毛，皮肤是嫩嫩白白的，看上去是那么文静清秀。我不由得蹲下去伸手进笼摸摸它的头顶和下巴，它立刻伸出手臂来，捏着我的手指轻轻摇撼，十分地友善。我想起手提袋里有两粒巧克力花生糖，赶紧取出来递给它。它接过去，又蹦又跳的，一下子就吃完了。再伸手出来时，我对它说："没有了，下次再给你带来。"不知它听懂了没有，但它捏我手的动作是轻柔的。在彼此的一握手与一对望之间，我们竟有"似曾相识"之感。店主人正拿了半个番茄给它，我问它叫什么名字，他说叫"呆呆"。好可爱的名字，于是我连声喊它呆呆，它更捏着我的手不放。我高兴地对它说："呆呆，我现在要回家了，下次再来看你。"它会意地放了手，上车后，我决心尽快再去看它。

我很少上街，所以第二次去看呆呆，仍然在下课后回来。我特地带了一小把有壳的花生请它吃，它看见我，撇下正在逗它的一个行人，手舞足蹈地对我表示欢迎。我心想巧克力糖真有效，隔了一个星期，它还记得我呢。它剥花生的技巧是非常高明的，很快就吃完了。这回，它伸出两只手来，捏着我的两个手指，拉到嘴边去亲我的手背。我感动地轻喊它："呆呆，你真聪明，你仍然认得我呀。"它的水蓝眼神脉脉地望着我，像有好多话要对我说似的。我问它："呆呆，你感到寂寞吗？你想不想出来玩？"它当然不懂我在说些什么，但我对它说话的神情语气，它一定体会得到的。尽管"寂寞"是人类的名词，但寂寞的感觉，它能没有吗？在这闹市中，熙来攘往的行人，除了偶然漫不经心地敲敲它的头顶，甚或恶作剧地逗弄它一阵外，谁又有耐心蹲下来和它喃喃细语呢？我，在旁人看来，一定是个半痴半傻的人吧。我在车站边误过多少班车子不舍得走，只为想多陪陪呆呆，多和它说说话。它是如此的斯文，一点也不像一般的猴子那么片刻不停地转动。后来我请教一位动物学家，他说这是来自非洲的一种猿猴，对人类非常友善。但即使它本性友善，也得人类对它友善啊。我看见笼边墙上贴着条子："请爱护动物，请不要用伞柄等硬物触它，请勿将伞上雨水滴在它身上，以免感冒。"如果行人们没有这些动作，店主人又何必贴这样的字条呢？我就亲眼看见一个少年，用一本杂志在笼子四周乱拍。我生气地阻止他："你不要欺侮它呀！"他也生气地朝我瞪瞪眼走了。

可是我不能老是陪着呆呆，我也得走啊。不知呆呆每天冷眼看行人，有多少人是无视于它的存在，匆匆而过；又有多少人不是抱着玩乐的心情，惹它急躁不安的呢？我总认为，天地万物，彼此心灵都能沟通。连草木都可通情愫，何况有血性的动物呢？我十分痛心于自以为万物之灵的人类，虐待欺凌动物。每回看到公路大卡车上绑赴刑场的猪，倒悬着凄惨尖叫，总有心胆俱裂的感觉。以我们具有儒佛仁爱传统精神的中国人，对动物的同情心，反不及讲现实的西方人，这是什么缘故呢？

记得去台南游垦丁，买了门票将进公园时，却看见饮食摊附近树下拴着一只猴子，一个游客始而向它扔香蕉皮、塑胶袋，继而用力提起它脖子上的绳子，猴子颈间被勒得难受，极力用手臂拉住绳子，拼命挣扎。我看了实在不忍，大声地喝阻他快快放下，他悻悻地走了。四周围观的一群孩子以微微惊讶的眼光看着我。我索性在石灰栏杆上坐下来，和颜悦色地劝导小朋友们要爱护动物，并讲了个义猴的故事给他们听。童稚情真，一个个无不愀然动容，有的连忙把自己的糖果递给猴子吃。我看得高兴起来，索性牺牲门票不进公园，陪着他们与猴子玩了两个钟头，外子笑我过分地婆婆妈妈，他说被我看到的这种情形有限得很，世间不知有多少无辜的动物在遭劫呢。我固然知道一个人的力量太微薄，但我今天能讲一个爱的故事给小朋友们听，未始不是和他们天真的心灵结下一份善缘呢。

每回，我总是痴痴傻傻地想着一些事，也痴痴傻傻地离开呆呆。回到家中，仍念念不忘它那一对无邪的眼神，和握住我的温暖手掌。

暑假中，我要去美国探望儿子，临行前，特地再去看一下呆呆，给它一小袋花生，与它珍重道别。它把花生丢在笼底，伸双手握着我的手臂，拉过去就伸嘴亲我的手背，又轻轻咬我的戒指。我有点凄然，低声对它说："呆呆，你乖乖的，我很快就回来看你。"一个旁观者好奇地问："它听得懂你的话吗？"我微笑地说："它听得懂的，我相信它一定听得懂的。"我依依不舍地离开呆呆，相信在这两个月中，呆呆的小脑筋里，一定会不时想起我的。

到美国见到儿子，详详细细地把呆呆的故事讲给他听。他自幼极爱小动物，我们母子之间，一点点小小的不愉快，都是藉着彼此对小动物的爱而"前嫌冰释"的。如今他长大成人了，一个人远适异国，我对他有难以言喻的牵挂，也有难以言喻的歉疚。见了面，千言万语，也不知从何说起。他总是神情暗淡而沉默。唯有听我讲呆呆的故事时，才展开一丝笑容，在那一刹那之间，我陡觉心头泛起一阵温暖，不由得说："你是属猴的，也许呆呆有灵感，所以对我特别好。"这当然又是傻话。儿子笑了一下说："呆呆比我还好，可以时常看到你。"听了他这话，不由得又是一阵心酸，人生真是非有别离不可吗？

一个半月聚首的时日匆匆即过。回国前夕，母子默默相对良久。你问他：有什么话要说吗？他摇摇头，只说了句："您回去也好，回去就可以再看到快乐的呆呆了。"看着他落寞的神情，听了他这句话，我已禁不住热泪盈眶。

他长大了，与我这个做母亲的想法，似乎总不容易沟通。可是对于动物的爱，还是与幼时一般无二。这也许是他想了半晌，只说出这一句话的原因吧。

无可奈何中分别，在机场望眼欲穿，未见他人影。(原来他赶到时，我的飞机已起飞了。这是他最近来信告诉我的。他的没有时间观念，一如幼时。)回到台北家中，数日内仍感心情恍惚，难遣悲怀。忽然想起，快点去看看呆呆吧。

奇怪的是，仅仅一个半月的分别，呆呆竟像完全不认得我了。我连声喊它呆呆，它总是爱理不理，在笼子里不安地转来转去。它长大了许多,笼子已显得太小了。我递给它巧克力糖,它接过去只咬一口就丢在地上,并没有特别兴奋的样子。难道它在怨我这么久不来看它,还是已完全把我忘了?在笼边站了很久,只好失望地走了。过几天再去看它,它仍然没有丝毫对我欢迎之意,只是一副意兴阑珊的样子。我把这情形请教那位动物学家,他说可能是它在最近期间,受到人们的欺侮,留下深刻的坏印象,所以不愿理任何人了。动物的记忆是比较脆弱的,多去看它几次,它应当会想得起来的。

可是当我第三次去看它时,它已经不在那儿了。问店员小姐,她只说:"拿走了,拿到别处去了。"

我嗒然若丧地回到家中,一直在想,呆呆究竟被送到哪儿去了呢?是因为它已逐渐长大,不宜再养在小铁笼中,所以把它送到动物园饲养吗?果真如此的话,我应当为呆呆庆幸,它今后将有更广阔的天地,更多的同伴,不至于在笼中度它的寂寞岁月了。可是呆呆会不会是病了呢,甚或是……我总是往不愉快处想,因此心情也感到非常沉重。失去了呆呆,有如失去一位可谈心的好友。

提笔给儿子写信:"已经看到呆呆,可是呆呆并不快乐,而且不认得我了。第三次去时,呆呆已经不见了。"写到这里,忽然停下笔,将信纸撕去,踌躇了一下,重新写道:"回来以后,正如你所说的，已经看到快乐的呆呆了。希望你早日归来，也可以去看看迁居到动物园里，'长大成人'的呆呆。"

信写出后，我又开始另一份盼待①。只好在心中默默地念着："再见了，呆呆。"

---

① 盼待：盼望，等候。

失犬记

我一直就没养过狗,本来就无犬可失。这里所说的一只狗,是属于和我一个大门进出的邻居太太的。可是我对它却爱如己"犬",因此它的失踪使我非常难过。直至半年后的今天,我对它仍然未能忘怀。尤其是看到人家牵着各种各样的"名犬"在我门前扬长而过时,我就更想念那只短短胖胖不上谱的小狗。

我说它小狗,其实它只是模样长得小巧,岁数可真不小了。它的主人告诉我它已经快八岁了。八岁,对一只狗来说,就如同人过了八十高龄,应该是老态龙钟、举步艰难了。可是它不但没有老态,而且健步如飞。高兴起来,在院子里蹦蹦跳跳,真的像小狗。它是一只母狗,而且还是云英未嫁之身。平时大门都不许它出去,所以连一个男朋友都没有交过,寂寞孤单的岁月使它变得胆怯,而想跟人类做伴,又怕人类欺侮它。

我搬过来那天,它的主人怕它咬人,把它关在笼子里一整天,它连叫都没叫一声。晚上才放它出来吃饭,它衔一块肉骨头赶紧回窝里去啃,一对羞怯怯的眼睛只是望着我。我极力对它表示友善，给它面包牛奶吃，它对我渐渐有了信心，就不时悄悄地走到我身边坐下来，偏着头看我。它的脸长得很秀气，眼睛脉脉含情。两只耳朵是下垂的，圆圆的肚子短短的腿，浅黄色的毛不十分有光泽，却也不脏。它坐在地上陪我洗衣服、做菜，我走来走去，它也跟来跟去。丈夫说我对小动物有一种磁性，陌生的狗见了我都不大会跑，一熟了更亲热，我想主要的还是因为我喜欢它们，我几乎可以从它们的"表情"猜出它们的"心情"。对于它，我却是加倍地爱护。因为它的女主人并不爱狗，养它只为了看门。男主人比较关心它，却又大部分时间出差在外，对它也照顾不了太多。孩子们喂它饭，也是饱一餐饥一餐的，它被冷落惯了，遇到了我这个"知己"，就有点受宠若惊起来。见到我从外面回来，就高兴得站起来，两条前腿搭到我身上，摇着尾巴要我抚爱它（它也摇尾巴欢迎它自己的主人，但主人的反应不及我的热烈，它就不敢放肆了）。我深深同情它的寂寞，爱怜它的楚楚依人。除了工作读书以外，我每天总抽点时间陪它玩玩，带它散一回步。出了大门，接触到广大的天地，它简直眼花缭乱，狂奔狂跳一阵，有几次挣脱了绳子，可是我一声呼唤，它就乖乖地回来了。有时，它实在跑得太快太远，我追不上了，就站在门口等它，它一会儿就回来了。它的主人说它胆子很小，从不会跑远的，跑了，半小时以内一定会回来。我因此更喜欢它的聪明、温顺。

它从不狗仗人势，也不狗眼看人低。朋友们来，它一律表示欢迎，站得远远地直摇尾巴，一对水汪汪的眼睛不带丝毫敌意。你走近它，它就羞怯怯地往后退，没有一般看门狗猖猖然的凶相。本来我们两家来往的绝没有恶客，更不必恶犬挡驾，它的职责自是非常轻松的。

有一阵子，它好像有点心绪不安，人一走近它就叫。有人说它是到了第二更年期，心理不正常。我想：它已经这么大年纪，再为它择偶而嫁未免太晚，只有不去打扰它，过一段时期自会好的。隔壁邻居是一位神经病科名医，它有一天自说自话地跑进他的家，登堂入室做起客人来。感谢这位仁慈的大夫，对它很照顾，在他的抚慰之下，它渐渐正常了，四五天后，它衔了块大肉骨头，被他家人送回了。此后，它就时常来来去去于两家之间。所以我一时不见到它，也不操心，想它大概做客去了。可是有一个晚上，我们全家去看电影，它一路送我到车站，叫它回去也不听，为了赶时间，我不及送它回去，总以为它过一会儿回家叫门，它的主人会给它开的。谁知我回家时，它的女主人告诉我没有回来。第二天，我就去邻居大夫家，大夫回说没看到它。它到哪里去了呢？那时正是严寒的冬夜，这么晚，怎保证它不被人捉去当香肉吃了呢？一天又一天，我等它回来，每晚上，我出去唤它，它却杳无踪影。我下厨房时，再不见它高兴地跳跃在我身边，坐在我脚跟前陪我做事。它是如此安分守己,不喜欢抛头露面的腼腆"小狗",它也不是什么名犬,却有一份沉静安详的美德。一个家庭里,有它不觉得吵闹,失去它却感到冷清清的。可是两家人家中,只有我一个人在对它念念不忘,我希望有一天奇迹出现,它突然地回来了。可是不会的,直到现在为止,它虽存亡未卜,但必然是凶多吉少。

我一直对它抱一份歉疚之心,如果那晚上我牺牲一场电影,陪它回家,它也许就不会失踪。也许它心里在怪我没有带它回家,因此乱跑而遭毒手。我既爱它,却没尽到保护它的责任。它怎么知道这世界上人类有仁慈也有残忍,有朋友也有仇敌呢?

丈夫劝我不要为一只失踪的狗而牵肠挂肚,他的原则是绝对不支付感情在动物身上。他说:"你若如此浪费感情,你的苦恼将无已时。"这话也有道理。我幼年时眼看一只心爱的小猫被倒下的柴堆压死了,为它哭了好几天,那种惨痛的记忆至今都不能泯灭。来台湾以后,前前后后养过五只猫,竟没有一只是得善终的,它们一只只的神态清晰地在我眼前。现在我不敢再养猫,只有搜集猫的照片或画片作聊胜于无的慰藉。如今,这只原不属于我的狗又丢了。丈夫说我对动物有磁性,我倒想我对动物却是克星。它如果不是长得这么肥,也许可免杀身之祸。这就是庄子所说的,不成材的大树得免砍伐之灾。我想它早已粉身碎骨了。

"吾虽不杀伯仁,伯仁由我而死",要忘掉它是多么不容易啊!

心中爱犬

一个对小动物没有兴趣的人,是无法体会爱小动物的心情的。我爱猫、爱狗,甚至对过街的老鼠都不讨厌。猫养过五只,都不得善终,搬住公寓以后,便断了养猫的念头。至于狗呢?我是无论如何仍想养的,我把养狗列为退休后的重要项目之一。

我的好几家邻居都有狗。有的甚至一家大小数口,人各一只。清晨,傍晚,祖孙三代,牵着在巷子里溜,阵容非常浩大,叫我这没狗的好不羡慕。它们中有的是高视阔步、器宇轩昂的狼狗。主人特地为它请一位"驯狗师",教它跳、坐、握手、咬人等等动作,每月敬师五百元。训练完毕以后,大门口就得挂起"内有恶犬"的牌子,拒人于千里之外。另有一种是面目狰狞却心地良善的拳师狗,你可以跟它打招呼,它倒不盛气凌人。更有一种是四肢短短、鼻子扁扁,专供玩乐的北京狗。听说它身价万元,饮食定时定量;时常地伤风打喷嚏,得给它打针进补,天气稍冷就打哆嗦。这几种狗,看来也只有富贵闲人才养得起。只有一只名叫"哈利"的可怜巴巴的丑小狗,它有家等于无家。因为主人并不爱它,每天一大早就把它关在大门外。它在巷子里惶惶然踯躅着,鼻子上面永远有一块红斑,是它想回家在门槛下空隙处碰的伤。比起那几只有主人陪着一起散步的狗,它可说命运很不好。过去巷子转角处有一个鞋匠,时常拿冷菜剩饭喂它,还替它洗澡,它就把鞋匠当作第二主人,每天在他脚边相依相守,一脸的忠厚相。我走过它身边,拍拍它,它亲热地摇摇尾巴。晚上鞋匠收摊了,它只得回到自己的家门前,主人这才放它进去,因为要它看门。我有时招手叫它过来,它走到我门口,犹疑一下,还是掉头回去了。那个家再怎么缺少温暖,究竟是它自己的家,狗是不会见异思迁的。最近鞋匠搬走了,哈利失去了它的朋友,天天坐在家门口,垂头丧气的样子。狗若能言,或我能通狗语,它一定会向我倾诉满心的委屈吧。我不懂,不喜欢狗的人为何养着狗?养了狗又要虐待它,这种心理是否和虐待童养媳是一样的?记得几年前在报上看到一篇文章,作者说她因朋友送她一只名犬,乃将一只无法治愈的癞皮狗弃之门外,任它悲鸣多日而后失踪。我满心以为她为了忏悔而写此文,没想到结尾处是非常得意于她自己的理智的抉择。我读后几乎为那只命运悲惨的癞皮狗掉眼泪,因此在街上看到癞皮狗都格外同情。

有一次,我在车亭等车,忽然来了一只瘦瘦小小的狗。我看它鼻子黑黑,眼睛亮亮的好可爱,就蹲下去逗它玩。它友善地坐下来陪我。车子来了，我舍不得上，一连过了三辆车，我不得不上了，狗也表示要上车的样子，乘客们还以为是我的狗呢。外子说我前生一定是狗，所以今生仍带狗性，此话我听了最中意。我倒不想有"慧根""佛缘"之类的美称。有狗性、有第六感，能与狗建立最好的友谊，我就很引以为自豪了。还有半年，我就可以无"职"一身轻了，到那时，第一件事就是养一只善解人意的狗。我不要什么拳师狗、北京狗之类的名种，只要一只平平常常的土狗就行了。我幼年时的伴侣小花小黄都是土狗，却都非常聪明、忠心。我也不要给它取什么"拉克""弗兰克"之类的洋名字，我要叫它"弟弟"或"妹妹"，视性别而定。我和我的孩子都要全心地教养它，使它获得不爱狗的外子的欢心，使外子相信狗会给他带来许多梦想不到的乐趣。比如你看报或工作时，它会静静地待在你身边。下班回来，一到家，它会给你衔拖鞋；至于握手、起立、坐下等基本动作，都用不着花五百元请老师教，因为我有把握教得会。我曾把一只土猫教会衔纸团到我手心来，狗是更不必说了。

人是免不了有不快乐的时候，也有寂寞的时候的。在你最最不快乐或真正感到寂寞的时候，只有狗才是你最最好的伴侣。你不用跟它说一句话，彼此默默相对，它忠实的眼神望着你，就能为你分担忧愁。

狗，多可爱的小动物，我多么希望有这么一个寸步不离的好朋友。可是现在我还不知道它在哪儿。也许它还未来到人世，也许它已经出生了。有时我走过狗店，看看笼子里挤在一堆的小狗，我向它们打招呼，每只小狗都来闻我的手指尖，呜呜呜地叫着，仿佛在说"收养我吧"。因为目前的环境难以兼顾，只得按捺下爱犬之心，等待那一天，佛家所说的"缘分"来到。到那一天，一定会有一只矮矮胖胖的乖小狗，摇摇晃晃地闯进我的生活的。

雪中小猫

雪积了一尺多高,细鹅毛还在空中飞舞。我披了厚大衣,戴上绒帽走出去,沿着旁人踩过的脚印,一步步向前蹒跚。半个身子没在雪沟中,一片无边无际的白。一只大黑狗,从邻家蹦跳出来,随着小主人在雪中打滚,身上、鼻子上、额头上全是雪。黑狗身上白,白狗身上肿,真的好可爱。我拍拍它,摸摸它的下巴,它向我摇摇尾巴。我忽然想起自己的黑美人凯蒂,如果我把它带来,它一定只能坐在窗台上,隔着玻璃向外望,因为它胆子好小。可是隔着千山万水,我怎能把它带来?现在,我也不必再挂念它了,因为它已经走了,离开这个世界、离开我。

雪地里站着一个中年美国妇人,怀里抱着一只胖圆圆的三色小猫,像有磁石吸引似的,我迈向前去,微笑地问她:

"我可以摸摸它吗?"

"当然可以,你要抱一下吗?它对谁都友善极了。"

我把它抱过来,搂着它,亲它,它用一对绿眼睛多情地望着我,伸出舌头舔我的手背。它真是好亲呢,如果我也能天天抱着它该多好，我不禁喊了它一声"凯蒂"。

"它不叫凯蒂，它的名字是Playful。"

"噢，Playful。"我当然知道它的名字不叫"凯蒂"。

它的主人絮絮地告诉我它的聪明伶俐，讨人欢心。它原来是一只小小的野猫，被她收留了。现在，有它陪着，日子过得好丰富、好温暖。

我也曾有一只小花猫，忽然来到窗外，把鼻子贴在玻璃上，向我痴望。我抱它进屋来，喂它牛奶、蛋糕。像凯蒂一样，它坐在书桌上静静地陪我看书。晚上睡在我肩膀旁边，鼻子凉凉的，时常碰到我的脸。可是它只陪了我三天三夜，却忽然不见了。每个清晨和傍晚，在风中，在雨中，我出去找它。千呼万唤……我唤它"凯蒂"，因为她就是我的"凯蒂"，可是它没有回来，就此倏然而逝。邻居告诉我，野猫野狗到冬天都会被卫生局带走，如无人收养，就打针让它们安眠，免得大风雪天它们在外飘零受冻挨饿。我看看怀中的猫，但愿它就是那只小花猫，已经找到了温暖的家，可是它不是的。那只小花猫到哪儿去了呢？它没有在雪中流浪，难道它已经被带走了吗？儿子来信告诉我，凯蒂自从我走后，不吃饭，不跳不跑，只是病恹恹地睡，饿了几个月，它就静悄悄地去了。它去的日子，正是这只小花猫来陪伴我的日子，那么它是凯蒂的化身吗？它是特地来向我告别的吗？

美国妇人还在跟我说她的小猫。我想告诉她,我也有过这样一只可爱的猫,可惜已经不在了。但我没有说,还是不说的好。每当深夜醒来,凯蒂总像睡在我身边。白天我坐在书桌前,它照片里一对神采奕奕的眼睛一直在望我,凯蒂何曾离我而去?

我把小猫还给主人,她向我摆摆手走了。小猫从她肩上翘起头来看我,片刻偎依,便似曾相识。我又在心里低低地喊它:

"凯蒂,我好想你啊。"

海明威有一篇小说《雨中小猫》。那个美国少妇到了陌生的意大利,没有人和她说话,没有人懂得她的心意,连丈夫也只顾看书,头都不抬一下。她!寂寞地靠在阳台上看雨景,看到雨中一只彷徨无主的小猫。她忽然觉得自己想要一只小猫,她就去追它,一边喃喃地说:"我要一只小猫,我就是要一只小猫。"海明威真是懂得寂寞滋味的人。

好几年前,我卧病住医院时,深夜就时常有一只猫来窗外哀鸣,它一定是前面的病人照顾过的;但他不能带它走,于是我也照顾了它一段日子。我出院后,它一定依旧守在窗边,等第三个爱顾它的人。儿童电视节目里罗杰先生抱着猫唱歌,我记下几句:

Just for once I'm alone,

Just we two, nobody else,

But you and me,

You are the only one with me,

But you and me.

我低低地哼着,哼着,我好想要一只小猫。

海豚回家

在电视里看到一个节目叫"海豚回家",报导我们的渔民,在澎湖外海捉到很多很多的海豚。训练中心想把它们训练成能表演节目的"演员",在澎湖和野柳开辟海滨游乐场,供人赏玩。他们留下一部分海豚开始训练,将八只比较不能适应的仍旧放回大海中。我看到这里,心中好高兴。因为我觉得尽管海豚是那么温驯,尽管训练人员是那么和善地对待它们,我还是希望它们自由自在地悠游在大海里。偶然游到岸边和人类打打招呼、做做朋友,不要被人类利用,作为赚钱的工具,每天一遍又一遍地表演着重复的节目。吃得再现成,住得再舒服,那个划定的天地究竟没有海那么广大。日子久了,它们恐怕会忘记大海是什么样子。到年纪大了,又怎么处置它们呢?再回到大海,还能适应吗?

我旅居美国时,曾去夏威夷、佛罗里达和加州的圣地亚哥游玩,看过好几次海豚表演。啊!它们真是聪明、乖巧,热心地表演各种技艺。它们跳跃起几丈高,用鼻尖去顶一个球,在空中花式翻身，在水面竖直起来"行走"，或是让人站在它背上滑水，它们的叫声是那么娇柔悦耳，好像小孩子向母亲撒娇，观众们一次一次欢呼拍手，它们一定感到很兴奋很光荣吧。但我忽然想，它们如果心里不高兴不想表演时，是不是也可以休息一下，或回到大海去玩玩呢？住在有篱笆拦起来的地方，每天等着吃现成的比较省力呢，还是在大海中自己找寻吃的比较有意思呢？我不是海豚，不知道它们心里怎么想。但有一点是可以确定的，就是人类是在利用它，并不是真正爱它。

生物学家说，海豚是一种对人类最友善的动物，它愿意帮人类做事、通讯、找寻东西、领航，有时还拯救人的生命。这一类的纪录片，我在国外看过好多，看它们游到人身边亲昵地叫着、跳着，又高兴地远远游去，心中真是感动。真愿这个世界处处都呈现互相信赖合作的现象，不要彼此残杀。可是人类究竟比动物聪明诡诈，常常利用它们的善心而欺骗它们、杀害它们。拿它们的躯体卖钱，这样遭殃的海豚不知有多少啊！

比如貂吧！也是最仁慈的动物，捉貂人因此故意赤着上身卧在冰天雪地中引诱它。貂群来了，带头的家长伏在人的胸口上，其他的貂团团围住他，给他温暖。可是狠心的捉貂人一把攫住胸口的貂，全家族的貂，竟一个也不逃跑，愿意守在一起同归于尽，尾巴衔尾巴被捉貂人一网打尽。剥取它们的皮毛，杀害拯救他性命的貂群。这个故事好悲惨，比起利用海豚表演赚钱残忍千万倍了。我把这故事说出来是想提醒自己，对动物要仁慈，动物也有灵性，它们一样有喜怒哀乐啊。

所以这次看到"海豚回家"这个节目，心里很感动，但愿天地间每一样有灵性的东西，都能享受充分的自由。

守着蚂蚁

由于我的寓所是靠边的,多两扇窗户,冬天可以享受充分的阳光,节省暖气。夏天可以迎接凉风,节省冷气。唯一的缺点是,天气一转暖,蚂蚁就从稀疏的墙脚缝中成群结队而入。它们的目的是寻找粮食,而厨房的地面,任你如何小心打扫,总是粮食最丰富的地方。于是入夏以来,我每天最忙的工作,就是蹲在地上,守着蚂蚁,耐心地等待它们把"大堆"的美味,顺利又安全地搬离现场以后,才用湿布擦净地板,用一条胶带纸贴住裂缝,阻止它们再光临。可是蚂蚁"人"小鬼大,它就是无缝不钻,无孔不入,你封住了东边,它们就从西边进来;封住了墙脚,它们就从窗棂缝中进来。害得我整天手忙脚乱,疲于奔命。

但是守着蚂蚁搬运粮食,也自有一分乐趣。它们规律之严,工作之负责,无与伦比。看它们小小身躯,常常独力负荷一粒比自身大一倍的东西,快速地向洞口爬行,绝不停下来先大快朵颐一番。它们的忠勤、无私与合作精神,真个是远胜人类。有时遇上敌方的探索先锋,它们就起了拉锯战。如两个抵一个,那一个知道众寡不敌只好放弃。我看了不忍，就特地放一粒饼干屑在它面前，它就喜出望外地衔着走了，我也为它的不致徒劳无功而高兴。

有时看它们已搬运到墙脚的洞口，所谓洞口，只不过是一条细细的缝隙，一大群的蚂蚁，扛着一粒在它们看来如山般高的粮食，左推右拉的，总是挤不进缝隙。我看得白着急，又无法助一臂之力。忽然想起，用一根铁丝，将那缝隙的碎石灰划开一些，洞门大开，它们就顺利进入了。也不知它们在墙脚那边的大宅院是个什么样子，我真想能像孙悟空似的，摇身一变也成一只蚂蚁，混进洞去，看个究竟。它们如发现我这个生客，要驱逐我出境的，我就会告诉它们，通道是我给挖大的，蚂蚁王定将与我握手为礼吧！

我呆呆地守着，痴痴地想着，蚂蚁却是阵来阵往地没完没了，不耐烦的老伴，竟然一手举扫把，一手捧杀虫药喷筒，正打算展开大屠杀。我不由得一阵紧张，立予阻止，这倒也是对他实行"机会教育"的好时光了。

"千万别这么做，"我央求道，"你把它们一扫把扫得阵容大乱，彷徨无所归已经够凄惨，若再喷以毒药实在太残忍了。想想看，我在切洋葱时，气味熏得我涕泪交流，你都感到很过意不去；若是漫天毒雾向我们没头没脸地扑来，使我们窒息、抽筋而死,那将是多么痛苦!小小昆虫,只不过不会说话,它不是一样地有感觉、有苦乐,一样地知道趋生避死,为生存而奋斗吗?"

这一番浅近的道理,他哪有不知之理?他也明明不是性好残杀之人,只不过没有这份"妇孺之仁",守着蚂蚁的耐心就是了。所以还没等我继续"说教"呢,他就先念起我常常对他念的那首诗来:"谁道群生性命微?一般骨肉一般皮。劝君莫打枝头鸟,子在巢中望母归。"但他却发表意见说:"鸟儿在空中飞翔,有它们的自由,它又不侵犯到我们什么,实在不应该举枪射杀它,使巢中小雏成了孤儿,必定饿死无疑。如今这一群群的蚂蚁是侵犯到我们家来,扰乱我们的生活,也妨害了卫生,怎么能予以容忍呢?"

我叹口气说:"你何尝不知道,所谓侵犯是我们人类的想法,我们不一样地在侵犯它们吗?它们哪里知道这是自私的人类划为自己的禁地呢?它有觅食的自由,生存的权利。即使不以佛家慈悲为怀的心情来看,而从一切生灵平等的观念来说,我们也没残杀它的权利啊!"

他放下扫把,丢弃杀虫药喷筒说:"好啦,我接受你苦口婆心的布道,现在就改用迷你吸尘器,把它们吸净,再捧到门外,取出里面的纸袋抖掉,不就免于杀生之罪了吗?"我说:"那也不行。它们被一阵狂飙卷刮得昏天黑地,落地后何处再觅家园？"他笑笑说："你放心，它们三三两两地可以再聚集起来，重建家园，蚂蚁不是最合群的吗？"尽管他这么说，我还是不放心，宁可用一张硬纸，把几只像是失群或倦游不知归的蚂蚁，轻轻揽在纸面上，送到门外香柏树下的泥地里，也顾不得它们是否会成迷途的"羔羊"，至少它们得免于大风暴的卷刮，保持神志清明，可以继续挣扎求生，我也于心较安了。

　　如此来回进出无数趟，总算把散兵游勇的蚂蚁全部送走。又目送那整队的撤离现场，完成运粮工作，我这才心安理得地坐下来休息。看他用胶液仔细地封闭墙脚缝隙，表示给它们吃闭门羹。正在此时，却见地上的迷你吸尘器口，几只蚂蚁惶惶然地爬了出来，我惊奇地问怎么这里面会有蚂蚁，他笑道："不瞒你说，我昨天看见好几只蚂蚁，一时找不到杀虫剂，就先用吸尘器吸了，却又忘了清除，你看它们不是又活生生地爬出来了吗？可见得吸尘器的风，不会把它们吹昏头。它们的生命力很强，力气也很大。你可知道，世界上力气最大的动物是蚂蚁，它能背负比自己身体重好几倍的东西，你能吗？"

　　他云淡风轻的神情，使我又好笑又好气，却庆幸于他没找到杀虫剂喷筒，使这群蚂蚁得以死里逃生。我只好再起身用硬纸把它们一只只轻轻兜着送出门外，并跑到地下室将杀虫剂找出，远远送到屋外垃圾箱丢弃，以杜绝他喷杀的念头。

回到屋里,喘息未定,又看见一只蚂蚁在窗台上冉冉地悠游。看来我这守着蚂蚁的送迎工作,将是永无止境。但想到能因此细体佛家"与众生同乐,使众生免苦"的慈悲意义,便深感欣慰了。

 第六辑　乡土之味·生活情

毽子里的铜钱

每回闻到巷子里飘来烤山薯的香味,我就会想起几十年前家乡那位卖烤山薯的老人;想起他一双黑漆漆的手,和手心里两枚亮晶晶的铜钱。

那时,我大约十岁吧。有一天,在院子里踢毽子,卖烤山薯的来了。闻到那股子香喷喷的味道,好想吃啊!身边没有钱,却伸着脖子问:"老伯伯,几个铜板一个?"(那个时代,还用铜板呢,一枚银角子换三个铜板,一块银元换三百个铜板。)老人一声不响,却笑呵呵地伸手在烘缸里取出一个小小的烤山薯,往我手里一放说:"给你吃。"我十分感激,就慢慢地剥开了皮,万分珍惜地吃起来。

隔壁的二婶走过来了,她挑了几个大的烤山薯,称一称正好要十个铜板。二婶说:"算九个铜板吧,我手里只有九个。"老人说:"不行啊,我要亏本啦。"二婶说:"下回补你就是了。"她就捧着山薯进去了。

老人愣愣地望着她家那扇门;我呢,愣愣地望着老人。他满脸的皱纹很深很深,很不快乐的样子,我心里说不出的难过,只想代二婶给他一个铜板,但是身边真的没有钱。看看手里吃了一半的烤山薯,结结巴巴地说:"老伯伯,我也没给钱呢。"

老人笑了,他说:"小孩子嘛,送给你吃的。"

我越发觉得心里不安,忽然想起毽子里面有两个铜钱。只是两个铜钱呀,怎么抵得过一个铜板呢?但我还是急急忙忙撕开毽子的包布,挖出两枚亮晶晶崭新的铜钱,递到老人手心里说:"老伯伯,给您。"

他好半天才明白我的意思,马上把铜钱放回我的口袋里,摸摸我的头说:"小姑娘,我怎么会拿你的钱呢?不过你的好心肠,我永远不会忘记的。"他又在烘缸里取出一个小山薯给我说:"再给你一个。"

我摇摇头不肯接。他却把烤山薯塞进我的口袋里,向我笑着摆摆手,提着烘缸走了。望着他微微驼着的背脊[①],我心里空落落的,好像丢失了什么东西。

铜钱在口袋里叮叮当当地响着,伸手一摸,它们在烤山薯旁边,也热烘烘的。我捏着撕破的毽子,回到书房里,把刚才的事告诉老师。老师仔细地听着,面露微笑。

---

① 背脊:脊背,人的背部。

我问老师:"二婶是不是应当把欠老伯伯的一枚铜板再补给他呢?"

老师想了想说:"我想她会补给他的。小春,我倒是很高兴你舍得把毽子里的两枚铜钱剥出来给他。"

我说:"我那时心里很难过,觉得自己欠了他很多似的。"

老师说:"不要难过,你有这份心就好了。做小贩的,栉风沐雨,都是非常辛苦的。你长大以后,要格外懂得体谅他们。"

老师慈和的声音,几十年来,时常响在我耳边。卖烤山薯老人满脸的风霜、谦卑的笑容和佝偻的背影,也时常浮现在眼前。他没有接受我的铜钱,却接纳了我的心意。他给我白吃了两个热烘烘的烤山薯,使我永远感到温暖在心中。

玉兰酥

玉兰酥是一种入嘴便化的酥饼，听听名称都是香的。它是早年我家独一无二的点心，是母亲别出心裁，利用白玉兰花瓣，和了面粉鸡蛋，做出来的酥饼。

白玉兰并不是白兰花。白兰花是六七月盛夏时开的。花朵长长的，花苞像个橄榄枝，只稍稍裂开一点尖端，就得采下来，一朵朵排在盛浅水的盘子里。上面盖一块湿纱布，等两三小时，香气散布出来，花瓣也微微张开了，然后用丝线或细铁丝穿起来。两朵一对，或四朵一排，挂在胸前，或插在鬓发边，是妇女们夏天的妆饰。但只一天工夫，花瓣就黄了。香气也转变成一种怪味。

母亲并不怎么喜欢白兰花。除了摘几朵供佛以外，都是请花匠阿标叔摘下，满篮的提去送左邻右舍。我家花厅院墙边，有一株几丈高的白兰花。每天有冒不完的花苞，摘不尽的花。阿标叔都要架梯子爬上去摘，我在树下捧篮子接，浓烈的花香，熏得人都昏昏然了。

母亲不喜欢白兰花，也是因为它的香太浓烈。她比较喜欢名称跟它相似、香味却非常清淡的白玉兰。白玉兰一季只开四五朵，一朵朵逐次地开，开得很慢，谢得也很慢。花朵有汤碗那么大，花瓣一片片像汤匙似的，很厚实。开放时就像由大而小的碗叠在一起。花总是藏在大片浓密的叶丛间，把清香慢慢儿散布开来。

　　白玉兰的开放，都在中秋前后。那时母亲每天都到院子里抬头看看，闻闻花香。只开一朵花，当然不能采下来。直等它一瓣瓣自然谢落了，母亲连忙拾起，生怕花瓣着土就烂了。因为白玉兰花瓣是可以做饼吃的。母亲把它先放在干净的篮子里，也不能用水洗，一洗香味就走了。等水分略干后，就用手指轻轻剥碎（也不能用刀切，怕有铁腥味）。剥碎后和入面粉鸡蛋中拌匀，只加少许白糖，用大匙兜了放在浅油锅里，文火半煎半烤，等两面微黄，就可以吃了。既香又软又不腻口。熟透了的玉兰花瓣，有点粉粉的，像嫩栗而更清香。

　　每年的中秋节，城里朋友送来我家的月饼，种类繁多。除了面上撒芝麻的月光饼以外，还有苏式月饼、广式月饼。哪一种母亲都不爱吃。她的兴趣是切月饼，厚厚的广式月饼切开来，里面是各种不同的馅儿。母亲只看一眼、闻一下就饱了。她总是说："这种月饼，满肚子的馅儿，到底是吃皮还是吃心子呢。连供佛也不合适，因为都是荤油和的。"所以她都是拿来送左邻右舍。

"潘宅"的广式月饼，是邻居们最歆羡的。未到中秋，早已在盼待了。我呢，守在母亲边上，看她把一个个月饼切开，每个切四份，不同的馅儿搭配起来，每家一份。她把月饼用盘子放在一个四层的精致的竹编盒子里，叫我提了挨家去分，让每家都尝尝不同的馅儿。但她总不忘加入一份她自己做的玉兰酥。"也要让大家尝尝我的土月饼嘛！"她得意地说。

分月饼当然是我最最讨好的差事。每家吃了月饼，都对母亲说："广式月饼、苏式月饼，就是稀奇点，哪里比得你做的玉兰酥，吃得我们的舌头都掉下来了。"听得母亲好高兴。她那一脸快慰的微笑，真好比中秋节的月光一样明亮美丽呢。

母亲只是喜欢做，自己吃得很少。老师说她是辛勤的蜜蜂，我就念起他口传我的那两句诗："采得百花成蜜后，为谁辛苦为谁甜？"念了一遍又一遍，像唱山歌似的。老师问我懂这意思吗？我说："当然懂呀。蜜蜂忙了一大阵，蜜却被人拿去了。"母亲听了笑笑说："你懂就好了。蜜蜂是很辛苦的，但是我宁愿你做一只勤快的蜜蜂，可千万别做讨人厌的苍蝇啊。"我咯咯地笑了。

我嘴上虽说懂，其实哪里懂呢？我若真的懂了，就不会像一只苍蝇似的，老是嗡嗡地纠缠着母亲，而不帮一点点的忙了。

如今每回想起清香的玉兰酥与母亲所做的各种美味，心头就感到阵阵辛酸。母亲，一只辛苦的蜜蜂，终年忙碌，无怨无艾，她默默地奉献一生，也默默地归去了。

几十年来，我从未见过家乡那种散发清香的白玉兰树，也无从学做香软的玉兰酥。中秋节一年年地度过，异乡岁月，草草劳人，心头所有的，只有无限的思亲之情。

口粮饼干

在一家食品店里看到一种饼干，土土的包装，硬硬厚厚的片子，纸上印着"滋养口粮"四个字。我如获至宝似的买了两包。付钱的时候，老伴眯起眼睛看看价钱才五毛九，不屑地说："买这种土里土气的便宜饼干做什么？有奶油椰子香味的多好吃！"我说："你不懂。土饼干才好。含奶油的不宜老年人吃，带化学香料的更有碍健康。我就是爱这'口粮'二字，充满了原始的乡村味。"

他摇摇头，认为我是个不可救药的"原始人"，不懂得享受现代文明之福。他又说："一口气买两包，看你怎么吃得完？"我说："你放心，吃不完可以捣碎了改做松饼。比任何甜得发腻的美国蛋糕好吃。这也是Recycle（回收利用）呀！"好容易学到一个英文单词，就适时地应用起来，自觉得意非凡。

一到家，就迫不及待地拆开饼干纸包，抽一片尝尝，他好奇地问："怎么样？一定很难吃吧。"我得意地说："才好吃呢，有一股淡淡的清香。"他又摇摇头说："你是好恶拂人之性。要么，就是你饿了,饥者易为食也。"最近他潜心读古书,好喜欢抛文。

我边啃饼干边琅琅地念起包装纸上印的字:"登山、行军、露营、防台风,急难必备。""独特风味,老少咸宜。"真是越看越欢喜,越吃越有滋味,在一旁的他却是越听越生气。

平心而论,饼干并没什么独特风味,但是比起我所尝过的超级市场里五花八门的饼干来,真是清淡可口多了。尤其是那"口粮"二字,土气得可爱。因为它使我想起童年时代,母亲给我做的香脆麦饼。有趣的是,那时母亲也叫麦饼为"口粮"。她说:"口粮是急难时救命的宝贝。我特地做来供菩萨后给你吃,保佑你长命百岁。小孩子不要多吃油油的馅儿饼、甜甜的豆沙饼,把嘴吃刁了,福也享尽了,不好。要多吃清淡的,清淡有清淡的味道。"我还吃不出清淡有什么味道,但母亲正正经经说的这句话倒是记住了。

后来父亲把我带到杭州,进中学读书。最疼我的马弁胡云皋,常常从口袋里摸出几个干干硬硬的饼给我说:"这是行军吃的口粮,你带到学校去,肚子饿了就啃,越啃越有味。"我好喜欢,分给同学们都很爱吃。有一个同学却翘起鼻子说:"什么味道嘛?哪像我姐夫从天津带来的奶油饼干好吃!"我生气地说:"有什么稀奇?那种洋里洋气的饼干,急难时救不了命的。"我们还为此赌气,好几天彼此不理睬呢。

在上海念大学时,女生宿舍附近有一家北方饺子店,不远处又有个卖山东煎饼的小摊位，我们几个同学下课回来，饥肠辘辘时经过饺子店门口，锅贴的香味实在引诱人。但除非是考试后为了相互慰劳，才舍得进去合资饱餐一顿。平时总是在那小摊子上买一大块山东煎饼，配一包油炸花生米，回宿舍各人手捧一杯热开水，坐下来慢慢地啃，也觉得别有滋味。

直到如今，我愈来愈怀念当年那种简朴的学生生活，尤其怀念的是母亲为我做的"口粮麦饼"，这才深深体会到她说的那句话："要多吃清淡的，清淡有清淡的味道。"

因此那天看到口粮饼干，就像他乡遇故知似的亲切，一下子就爱上了它包装的朴实，口味的清淡。外出时带几片在手提袋里，饥饿时有救急之功，心理上也有一份安全感。吃口粮饼干有如与淡如水的君子相交，可以患难相依。

有一次我们外出时，他说："怎么肚子有点饿呢？有什么吃的没有？"我一声不响，递给他一片口粮饼干。他边吃边赞美："挺香的呢！"我笑笑说："大概就是你所谓的饥者易为食吧。"这一回，他却由衷地说："确实是清淡香脆，怪不得你喜欢。"

我又想起当年慈母说的话："清淡有清淡的味道。"

这也许就是母亲之所以能终其一生都淡泊自甘的原因吧！她老人家若是健在，尝到这种口粮饼干，一定会高兴地说："真好吃，很像我做的口粮麦饼呢。"

菜　干

　　旧式农村，自种蔬菜，故可一年四季取之不尽，吃之不竭，但为了配合荤腥，调节口味，除了现拔现摘、现炒现吃的新鲜园蔬之外，家家户户都要在冰雪严寒的冬天，腌制咸菜和菜干。在春夏之交晒菜心，以便随时补蔬菜之不足。

　　菜干就是干菜（我家乡土话许多名称都颠倒一下，例如拖鞋称鞋拖，罩袍称袍罩），沪杭人称干菜为霉干菜。顾名思义，是要略经发酵，才会转为深咖啡色或黑色，要越乌黑的越香。这也是母亲一双"魔手"特有的技艺。所以夏天里，左邻右舍，都来我家要点乌黑油亮的菜干炒肉末下稀饭吃，非常爽口。

　　菜干的腌制过程，不像咸菜那么简单。先要整理出大小均匀的青菜，一棵棵用布擦净，一片片撕开，加适量的盐揉透，铺在簟上吹风至半干后收入瓮中，待若干时日后，开启时闻到一股触鼻的霉酸味，再取出切碎，置蒸笼中蒸熟，再取出在大太阳下晒干，干得跟茶叶一般，那就放多久都不会坏了。有的人家为了省钱，只晒不蒸的。

　　我家的菜干特别乌黑，特别香软，原因何在呢？那是因为母亲在和盐搓揉时，加入少许"老酒汗"。老酒汗又是我家乡一种上等酒的名称，是拿自制的黄酒用大火蒸，滴下来的蒸汽就是"酒汗"，也就是"白干"，比美国的"约翰走路"①香得多了。次一等的叫烧酒，那是由酒糟蒸的，酒性烈，远不及酒汗来得醇厚。酒汗有防腐之功。此外，母亲还加进一些黄砂糖，可以帮助发酵，这是外公教的。外公说，这两样东西，别家是舍不得放的，这才是"潘宅菜干"的特色。

三四月里，田里的油菜最多时，母亲还晒嫩嫩的油菜心。那是将尚未开花的油菜摘下嫩顶，洗净后在滚水中捞一下，取出沥去水铺在竹簟上让烈日晒干，完全像现在的脱水菜。然后理得齐齐整整，一捆捆扎好，再用布袋包了，寄到遥远的北平给父亲尝新。看母亲一针针缝布袋时的神情，不只是在做一件工作，而是把一缕缕、一丝丝思念远人的情意，都和在嫩菜心里了。

母亲做完干菜心和菜干，一副心满意足的样子。干菜心是煨肉吃的，她自己很少吃，贵客来了才烧，因为太好吃了，总是吃得光光的，我只能倒点卤汁拌饭吃。

外公来时，母亲就一定煨一大碗给他老人家享受，我跪在长凳上看外公大口大口地吃菜。我问："外公，你为什么不吃肉呢？"外公说："娘边的女儿，肉边的菜，肉边菜最好吃，娘边

---

① 约翰走路：又译作"尊尼获加"，世界著名的威士忌品牌，是英国王室御用酒。作者说此酒产自美国，表述有误。

的女儿最享福。"

直到现在,我每吃肉边菜就会想起幼年时偎在母亲身边的幸福时光。

菜干煨肉当然也是一道好菜。乡下人俭省,除了过年时才煨,平时都是用油渣炒菜干,炒一大钵子可以吃十天半月都不会坏。记得有一次去邻居家吃尝新酒,一盘猪肝都一片片干得翘起来,底下全垫的菜干,看看猪肝都发霉了。原来乡下规矩,猪肝是摆样子,不能吃的,等尝新酒的一阵热闹过去以后,才拿来炒豆干,还当一道名菜呢。因为乡下人一年只养一头猪,而一头猪只有一副肝啊。

母亲说:"一副肝也好,两副肝也好,我是不吃这样血腥的东西的。"她吃得最多的是菜干炒豆干末。炒得香喷喷的,有时她还用菜干冲汤喝,像泡茶似的。她一边喝汤,一边就念"菜干经"。

"菜干经"的词儿,我一字不漏地都记得,是这样的:"菜干菜干经,撮把菜干泡碗汤,喝到心里妙荡荡。西方路上有金桥,有福之人桥上过,无福之人桥下过。妻呀妻,伸手来,带我去。当初奴家去拜佛,剃掉了头发轮飞飞。你捣碎了我的经盘,又撕破了我的粗布衣,该有多罪过啊,你……"

"外公,什么人剃掉头发,什么人撕掉粗布衣呢?"我傻乎乎地问。外公摸着胡子呵呵笑道:"问你妈妈吧。"母亲总是笑而不答。

此情此景,历历如在目前。

细雨灯花落

在上海念大学时,中文系每月至少有两次雅集,饮酒时常常行"飞花令",就是行酒令的人饮一口酒,先念一句诗或词,不论自己作的或古现成句,必包含一个"花"字,挨个儿向右点,点到谁是"花"字,谁就得饮酒,再由他接下去吟一句,再向下点。非常紧凑、有趣。

上的每道菜,我们也时常以诗词来比配象征,例如明明是香酥鸭,看那干黑黑的样子,却说它是"枯藤老树昏鸭(鸦)"。端上一大碗比较清淡的汤,就念道:"吹皱一池春水,干卿底事。"遇到颜色漂亮的菜,那就句子更多了:"碧云天,黄叶地"啦,"故作小桃红杏色"啦,"桃花柳絮满江城"啦。有一位男同学脑筋快,诗词又背得多,他所比的都格外巧妙。记得有一道夹烧饼的黄花菜炒蛋,下面垫的是粉丝,他立刻说:"花底离愁三月雨。"把缕缕粉丝比作细雨,非常巧妙。他胃口很好,有一次把一只肥肥的红焖鸭拖到自己面前说:"我是'斗鸭阑干独倚'。"引得全体同学拊掌大笑。他跟一位女同学倾心相恋,在行酒令时,女同学念了一句"细雨灯花落",那个"花"字刚好点到了他。原来,这句正是他所作的《水调歌头》的最后两句:细雨灯花落,泪眼若为容。这位男同学性格一向豪放,不知为什么,忽然"泪眼若为容"起来。他们二人相视而笑,我们也深深体会到,爱情总是带着泪花的。

记得有一次几个人在咖啡店里小聚,几上一盘什锦水果,中间有几颗樱桃。这位女同学就念道:"留将颜色慰多情。分明千点泪,贮作玉壶冰。"眼望着她的心上人嫣然一笑。这首《临江仙》的作者正是多情的纳兰成德,最后几句是"感卿珍重报流莺。惜花须自爱,休只为花疼。"真觉得古典诗词具有无限的含蓄之美,两人惺惺相惜,只需彼此唱和,而浓情蜜意,尽在不言中了。

遗憾的是这一对有情人并未成眷属,战乱终于使他们各奔东西,"惜花须自爱,休只为花疼",终成谶语。

古人有"剪烛夜谈"的情趣,现在都是电灯、日光灯,即使有蜡烛,也没有那种开出烛花的灯草烛芯,即使有那种灯草烛芯,也没有那份剪烛夜谈的闲情逸致了。因此,一想起灯花,一想起"细雨灯花落",连我也不禁要"泪眼若为容"了。

腌咸菜

无论在中国台湾还是在海外,相信谁都忘不掉自己的家乡味,尤其是桌边上那一碟开胃的酸咸菜。此所以各种罐头咸菜、酱瓜等等,总是生意兴隆也。尽管都标榜的是家传制法,卫生可口,可是吃在嘴里,味道就是差那么一点点。说不出来,也许就缺少那一点朴实原始的家乡风味吧。

我小的时候,每到吃饭,一爬上凳子就大喊:"我的钥匙呢?我的钥匙呢?""钥匙"就是我顶顶喜欢的酸咸菜。因为母亲说我吃东西太挑嘴,饭吃得太少长不大,所以一定要用钥匙把胃口开起来,酸酸甜甜香香的咸菜一到嘴里,胃口就开啦,所以就把咸菜叫作"钥匙"。

母亲做这碟咸菜,不是像别人家里,抓一把用少许油炒过的咸菜搁在桌上就算了。她是每隔几天就变换一种方法,有时用豆干末、笋末,加酱油、醋、麻油凉拌,有时加小虾皮、姜、酒来炒。我喜欢吃加小虾皮炒的。小虾皮并不是虾尾,而是一种细细的、浑身透明的小虾子,晒干了还可以空口吃的。外公说,海蜇没有眼睛，全靠成千成万的小虾子密密麻麻地趴在它身上，替它认方向，防敌人，东面叮一下，海蜇就转向西面，西面叮一下，海蜇就转向东面。庞然大物，与微小的虾子相依相助，小虾子也免得被大鱼吞下肚去。小长工阿喜说："你就是大鱼，把小虾子吞掉了。"他又吓唬我说："吃多了小虾子，浑身会长一粒粒像眼睛一样的黑点点，会痒死你。"外公说："不会的啦。小虾子很补，是明目的，多吃了眼睛会明亮。"我年轻时眼睛倒是明亮过，如今还不是一样地老眼昏花了。是不是离开家乡太久，没有得吃小虾子的缘故呢？

母亲不大吃虾尾、小虾子等，她都是为自己做一碟素拌的。有城里客人来时，母亲的咸菜就得加工加料了。那就是用名贵的金钩虾尾代替小虾子，再加香菇、笋，都剁得碎碎的，热炒或用芝麻油凉拌，都是非常好吃。其实咸菜本身就香香脆脆，不加任何佐料都一样好吃呢。

乡下人再穷，一大缸咸菜是家家都要腌的。腌的菜有好几种：盘菜（像雪白的盘子，切片晒干加少许盐再藏在小瓮，可吃很久）、油菜（用开水烫一下，捞起晒得很干，不加盐，是煨肉吃的）、萝卜菜（亦即雪里蕻）、芥菜等等。腌得最多的是芥菜，因为芥菜在冬天经霜打以后，特别鲜甜。田里要翻土种别的菜时，芥菜就被收割起来，一株株铺在竹簟上晒软以后，用盐揉透，然后由长工装进大缸中，赤脚跨进去，使劲地踩，像踩葡萄酒似的。踩实以后，加上木盖，再压块大石头，不去动它，直等好几个月，冒出绿绿的咸水，从木盖上把咸水舀去，菜就可以开缸取食了。那些咸菜水，真是咸得发苦，外公却储存一些当治喉痛的药呢。

长工踩菜的时候，我常常在边上叫："好脏啊，好臭啊。"指的是他们的大脚丫。母亲走过来，一把捂住我的嘴，笑骂："不许乱说，走开走开，这样宝贝的东西，怎么会脏！"长工得意地说："我们种田人，一双脚天天光光的，太阳晒、水冲，怎么会脏？你这个千金小姐，双脚给鞋袜包得一点不通风，才臭呢。"他们说这些话的时候，母亲老早走开了。因为她是由小脚再放开的，听了这话会难过。母亲只说长工踩咸菜，脚被咸水泡得很痛，叫我不要乱说，要体谅大人们做事辛苦。

我尽管嫌咸菜脏，可是吃起来却那么津津有味。因为母亲做的咸菜，调味实在地道。她炒的时候炒得特别透，油也加得足，这一点她倒是不俭省，很大方的。她说："咸菜是咬食的（家乡话，'咬食'是特别帮助消化的意思）。不多加点油，吃了一下肚子就饿，我连烧接力（家乡话'接力'就是点心）都来不及。"原来母亲打的仍是经济算盘。她不但重视食物的味道，还顾到全部食物的成本。母亲真是经济学大师呢！

百补衣与富贵被

平剧①里，演乞丐的穿的衣服，全是红红绿绿、东一块西一块的补丁，表示衣衫褴褛。那种戏装，叫作"百补衣"，也美其名称为"富贵衫"。在戏里的乞丐，穿起"百补衣"来又做又唱，非常好看。而且所有穿百补衣的落难公子，到后来一定是高中头名状元，然后前呼后拥、吹吹打打地衣锦荣归。

小时候的我，母亲也给我穿"百补衣"。我穿起来可就不太高兴了，尤其是去看庙戏时，真怕旁人笑我是"潘宅女状元"。因为我不是演戏，而是穿的母亲缝补过的破旧衣服，母亲也称它为"百补衣"。母亲总是说："小孩子，越穿旧衣服越积福，将来会有享不尽的荣华富贵。"

我生气地喊："将来？谁知道将来呢。眼前都没新衣服穿，还管将来？"我尽管不开心，母亲仍旧是拼凑着零头布料，给我补衣服。因为我穿得实在太费，尤其是父亲从外路寄回来的夏天

---

① 平剧：指京剧。北京改北平后，京剧又有平剧之称。

衣料，母亲形容它"薄得跟猪油皮似的，辰时穿了，戌时就破"。我又喜欢在树林里钻，一下子就钩好几个破洞，不补怎么行呢。

其实照今天的眼光看来，母亲补的衣服，还真有点现代艺术的味道呢。那时，她有满满两竹篓的零头布或零头绸子，一篓是夏天的薄料子，一篓是秋冬的厚料子，都小得跟豆腐干似的，母亲称之为"布末"，是街上唯一的裁缝师傅特地留起来给她的。她把两篓"布末"当宝贝似的放在床下，还加几粒樟脑丸，怕老鼠来做窝。

给我补衣服，在母亲来说，是牛刀小试，她的真本领是缝"富贵被"。就是选出色泽鲜艳的漂亮零头"绸末"，别具匠心地拼成一条被面，那才真是别致好看呢。现在不是就有一种专门用小块料子拼缝床罩、靠垫、桌布等等的，称为Quilt的手工吗？母亲可谓开风气之先了。可惜粗心的我没有学，也因为穿了太多的"百补衣"，不高兴学了。

母亲总把"布末"加以分类，质地不同，厚薄各异，她都一捆捆分别扎好，做起来取之不尽，用之不竭。她时常用彩色花布，拼一条小被子，送给亲友中的初生婴儿当满月礼，祝贺宝宝长命百岁。拼缝好一条小被子，可得好多时间呢。那时乡下年轻姑娘穿得最多的是蓝底白花或白底蓝花的布衫，那是乡下土布。比较富足人家的姑娘，穿旧了就换新的。母亲也会向她们要来那些旧衣服，剪成小方块或三角形，白底蓝花间隔蓝底白花，就缝成一条很好看的全新被单了。能说母亲不是艺术家吗？

我十二岁以前都跟母亲住在乡下，穿"百补衣"的日子最多。冬天的棉袄破了，母亲也补上一块，那都是粗针粗线，补上破布就好，逢年过节时，才在外面套上一件新罩袍。罩袍往往是大朵大朵花布的，穿破了，母亲又把它拆开，有时还小心剪下花朵来，补在一色的衣服上，格外别致。

我在美国的百货商店里，常看到一包包现代的小块花布，就是专供打补丁用的。牛仔裤的膝盖上故意补一块花布，就算是现代艺术了。可见古今中外，人的审美观念，可能是天生的，不然，原是老式农妇的母亲，怎么会有那样新鲜的设计头脑呢？

有一年，母亲花了好几个月，用最柔软漂亮的绸缎零头料，拼缝一条大大的被面。她先把一块块的料子放在一大张床单上，用针固定好，拼来拼去，比来比去，觉得不合适又拆下重拼。我真佩服她的耐心，问她是给哪个新娘当嫁妆吗？她笑笑不回答。姑婆悄悄告诉我说："你妈妈是要缝一条又软又轻的夹被，寄到北平给你爸爸过生日的。"

哦，原来母亲如此细心地金针密缝，是把一缕相思、一腔心事，都缝进这条被子中了。古人说："水晶帘，玻璃枕[①]，暖香惹

[①] 水晶帘，玻璃枕：出自晚唐文学家温庭筠的词作。原句是"水精帘里颇黎枕，暖香惹梦鸳鸯锦"。"水精帘"即水晶帘，"颇黎"即玻璃。

梦鸳鸯锦。"母亲不用彩色丝线，绣出一条鸳鸯锦被，她宁愿用千百块细细碎碎的绸缎，拼成一条她称为的"富贵被"，伴随着她对父亲"长命百岁"的祝福，寄向千山万水的远方。那一份缠绵的情意，比古代闺中少妇的锦字回文还浓厚。又岂是我这个粗心大意的女儿所能体会得到的呢！

我离家出外念书，临行前，母亲为我收拾行李，把我常穿的一件"百补衣"棉袍也收进箱子里。我坚持要取出来，说被同学们看到会笑我寒碜的。母亲正色地说："你讲给他们听，这是你从小穿到大的衣服。要时时带在身边，不是给你穿的，是给你压岁的。保佑你万事如意，长命百岁。"我听了忍不住掉下泪来。

可是在学校宿舍里，我从来不好意思把这件"百补衣"取出来，生怕同学取笑。直到有一次重伤风，冷得发抖，夜深取出来披上，立感浑身温暖了。可是到上海念大学时，思念母亲，却再也找不到这件"百补衣"，不知被我丢到何处了。

这些年来，凡是缝制新衣，总请裁缝留给我一点点零头小块料子，渐渐地也累积了一大包，这次来美，都珍贵地收在箱角带来了。我明明没有母亲的好手艺，不会拼缝"富贵被"，也没闲情逸致来缝现代艺术的"百补衣"。只是为了纪念母亲的节俭、勤劳与细心，更有她一针针、一线线，对女儿不尽的爱。我不时抚摸着这一包零头"布末"，心头也感有无限的温暖。

绣　花

绣花，是母亲自认为最最拿手、也最最喜欢的一门手艺。她常常说："眼看一朵朵的鲜花，在水蓝缎子、月白缎子上开放出来，心里真舒坦，仿佛自己脸上的皱纹都看不出来了。"

母亲说话竟是这般的充满文艺气息。其实她除了跟外公念过《三字经》《百家姓》，会背有限的几首《千家诗》之外，实在没读过什么书。可是她形容起事物来，总是妙不可言。有一次，她边绣花儿边自言自语地说："把厨房事儿忙完了，不捉点晨光绣绣花岂不可惜。""捉"字说得多妙！她又说："不过绣花时总是愈绣愈觉得屋子里冷冷清清的，连绣花针掉在地板上的声音都听得见呢。"我顽皮地问："妈妈，那样细的绣花针，掉在地板上，会叮当一声响吗？"母亲没有回答。坐在边上拨着念珠陪母亲的姑婆笑笑说："你一个九岁的小东西，哪里懂？"

五叔婆总喜欢在屋子里无事忙地绕来绕去，忽然插嘴道："我就不花心思绣这种磨人的花。有钱就去城里买双花缎鞋子来穿，多省事！想起当年做新娘的时候，那双绣花鞋是后娘给的，上面绣的是桃花，没穿多久就在鞋尖上破了个窟窿。五叔公后来做生意赔了本，就怨我那双鞋子不该绣桃花。桃花不经久，开过就谢。人家都绣的是梅花喜鹊，那才喜气洋洋，才吉利呀。我后娘一定没安好心眼儿，才给我绣双桃花鞋子。桃花、桃花，好运气都逃光了。"

听得姑婆与母亲都直抿嘴儿笑。姑婆与五叔婆完全不一样，她一派大家闺秀风范，一举一动，斯斯文文，说话细声细气，从不怨天尤人。父亲母亲最最敬重她，她也绣得一手好花，只是上了年纪，不再绣了，就天天拨着念佛珠念佛。

姑公爷（家乡对姑祖父的称呼）去世得太早，他们结婚不到十年，姑婆还是二十多岁的少妇时就守了寡，守着几亩薄田，把一男二女抚养成人。她是全村全镇及山乡一带有名的贞节烈女，人人都敬重她，母亲更是尊敬服从她，侍奉她像自己母亲一般。因此我也很爱姑婆，母亲忙碌的时候，我就在姑婆怀里蹭来蹭去。

看母亲绣花，我也吵着要绣。姑婆就会找块彩色绸子，剪成一只鞋面，用糨糊和纸贴得硬硬的，穿了丝线教我绣。可是我一抽丝线，就会打结。姑婆总是说："慢慢来，绣花要耐着性子，这是姑娘家第一要紧的。"母亲也不时伸过头来看我几眼说："绣得蛮好的。把绣花学会了，将来出嫁就不会被婆婆嫌五个指头并在一起的了。"我噘起嘴说:"我才不要有个婆婆管呢。我将来要文明结婚。我不要穿平底绣花鞋,我要穿最新式的织锦缎的高跟鞋。"对于闻名已久的"杭州织锦缎"与"高跟鞋",我真是做梦都常常梦见呢。

母亲绣花的时间,多半是在吃过中饭以后,下午烧"接力"以前("接力"是家乡话,烧给长工吃的点心,接一下力的意思);晚上呢,都在厨房洗刷完毕以后,就着摇曳的菜油灯绣花,那时我往往已上床呼呼入梦了。

白天绣花,母亲偶尔会伸个懒腰,打个哈欠。我就问:"妈妈,五叔婆都睡午觉,您为什么不睡?"母亲说:"没听说早起三朝抵一春吗?多少事儿要做,哪里还睡午觉呢?"我又说:"看您眼皮耷拉下来,都要用灯草来撑了(这也是母亲最爱说的形容词)。睡眼蒙眬的,绣出的花儿就不漂亮了。"母亲说:"你放心,我从小绣花绣到大,摸黑都会绣出朵朵鲜花来呢。"她把手里已经绣好的两朵梅花,伸得远远的,眯着眼儿横看竖看,非常满意的样子。我一看,真是好鲜活、好漂亮啊。

母亲喃喃地念着:"这双拖鞋面寄去给你爸爸过年穿,还要再绣一双……"我抢着说:"给我。"母亲瞪我一下说:"你小孩子穿什么绣花拖鞋?"我奇怪地问:"那么给谁呀?"母亲停了半晌,才低声地说:"给你那个如花似玉的二妈。"我马上暴跳起来喊："您为什么要给她绣，为什么？"母亲叹口气说："你不懂，我若只绣一双，你爸爸就会把它给了她穿，自己反而不穿。倒不如索性一口气绣两双，让他们去成双作对吧。"

母亲说这话时，声音是一种特别的斩钉截铁。姑婆一直听着，把念佛珠拨得"啪嗒啪嗒"格外响。穿来穿去的五叔婆也听见了，尖起嗓门说："世间真有你这种人，花这种冤枉心思。"姑婆忍不住了，稍稍提高声音说："五嫂，您别这么说，她的心思您哪里会懂？"

我觉得五叔婆那种暴跳如雷的草包性格，真是比我还不懂母亲的心意呢。

母亲的绣花手艺是村子里闻名的。村子里若有姑娘出嫁，都会来向母亲讨花样，请她教导她们配丝线颜色，告诉她们应该用几号的丝线等等。母亲都一一仔细地指点她们：梅花要淡、海棠花要鲜、牡丹花要艳。着针时都要从花心向外绣，里深外浅。叶子也是一样，浓浓浅浅的，看去才有远远近近。母亲不是个会画画的艺术家，可是竟然懂得现代的所谓"透视"与"立体感"呢。

后来我念中学以后，念到两句词："逗雨移花浓淡改，关心芳草浅深难。"仔细体味着，岂不正是母亲绣花时的心情？我就写信给母亲，把这两句词抄给她，并用白话详细给她解释。她自己不会写回信,是托二叔给我写的。信里说:"你抄的两句诗句真好,二叔念起来,音调愈听愈好听,我真是好喜欢。可惜自己从小没好好念书,不会读诗读词。以后你若是读到像这样好的句子,琢磨着是我喜欢的,就给我抄来,细细解说一下。二叔一念出调子来,我就会记住的。"

二叔在信末附一笔说:"你母亲把这两句词翻来覆去地念,还听见她边做事边哼呢。我觉得你母亲的心情,真是比'逗雨移花'还恍惚。她关心的,又岂是芳草呢!"

读着信,想起母亲低头默默绣花时的神情,想想她连绣花针掉在地上都听得见的那份刻骨的寂寞,不由得心头阵阵酸楚。我毕竟已长大,懂得母亲的心了。原应当时刻在母亲身边,陪她谈心解闷的,却为了求学不得不远离她而去。我只有多多给她写信,以解她的远念,但又不忍再抄那样感伤的句子,触发她的心事。真是"人生识字忧患始",我宁愿母亲重温她少女时代轻松的小调:"阿姐埠头洗脚纱,脚纱漂起水花花……"那样或许多少还可以使她忘忧解愁于一时吧。

方寸田园

一位文友自美归来,与朋友们畅叙离情以后,就悄悄地回到她乡间自己经营的三间小屋中,读书译作,静静地度过农历新年。她可说真懂得众人皆忙我独闲的诀窍。难怪另一位文友欣羡地说:"真希望什么时候也有个田园可归。但又觉得自己仍不够那份淡泊,俗愿尚多,大概没有那种福分。"

玲珑的三间小屋隐藏在碧树果林之中,满眼的绿水青山,满耳的松风鸟语,整天里不必看时钟,散步累了就坐在瓜棚下看书,手倦抛书,就可以一睡大半天。太阳、月亮、星星,轮流与你默默相对,这份隔绝尘寰的幽静,确实令人神往。但若没有朋友共处,会不会感到寂寞呢?且看小屋的主人,住不多久,就匆匆赶回十丈软红的台北市,一到就打电话找朋友再次地"畅叙离情"。可见田园的幽静,还是敌不过友情的温馨。古代的隐士,在空谷中闻足音则喜。因为"鸟语"究不及"人语"可以互通情愫。陶渊明先生尽管嚷着"息交绝游",但他在"乐琴书"之外,仍然要"悦亲戚之情话"。他的理想国——桃花源中人,一个个都要设酒杀鸡,款待洞外闯入的陌生人,也关心着洞外的人间岁月。我想那时代如果已有电话,陶先生一定会在北窗高卧、酒醒之时,拨个电话和山寺老僧聊上半天,或是给他念一首新作好的长诗,彼此讨论一番。因为"得句锦囊藏不住,四山风雨送人看"的人,怎么离得开朋友呢?

我认为山水使人理智清明,友情使人心灵温厚。名山胜迹,总愿与好友同游;美景良辰,亦望与好友共享。张心斋把朋友分成五类,他说:"上元须酌豪友,端午须酌丽友,七夕须酌韵友,中秋须酌淡友,重九须酌逸友。"他固然妙语如珠,亦见得前人有此清闲。而我们如能于百忙之中,挤出一点时间,约二三知友小酌,琅琅笑语,畅话平生,其乐并不亚于徜徉于青山绿水之间。辛弃疾不是说吗:"我见君来,顿觉吾庐溪山美哉。"溪山就是好友,好友胜似溪山,想起王安石与苏东坡在政见上是死对头,可是安石罢官退隐金陵以后,东坡去探望他,安石留他同住乡间。东坡答诗云:"劝我试求三亩宅,从公已觉十年迟。"依旧是无限文章知己之感,可见友情是何等可贵。

人到了中年以后,心情由绚烂趋于平淡,本来都会倾向山水田园,可是身为一个忙碌的现代人,既无时间寻幽探胜,更不可能遁迹深山,倒不如安之若命地在现实生活中追寻一些那位文友所谓的"俗愿",亦未始不可以充实一下心灵。否则居魏阙而思江湖，心情反而不能平静。杜甫虽然讴歌"在山泉水清，出山泉水浊"，他自己并不甘心做个"天寒翠袖薄，日暮倚修竹"的佳人。因为他既有"致君尧舜上，再使风俗淳"的大愿，也有"但愿我与汝，终老不相离"的小愿。人若没有了愿，就没有了热诚，也失去了生活的情趣，恐怕连山水田园之乐，都不能体会了。

说起我们这些人的俗愿，也是非常容易满足的。比如说，逛逛书店，买到自己心爱的书；观摩书画展，领略一下名家笔下的意境；听听音乐会、演讲会，扩展一下胸怀；抽空出去买点鲜花或小摆饰给小屋添点生机绿意；甚至研究一下化妆术使自己容光焕发一番；乃至学习一下烹调术使全家大快朵颐，这些都不能说是奢侈的俗愿，倒可以说是极淡泊的雅愿，使自己活得健康，活得快乐。同时将快乐、健康与友人共享，如此则虽然身处都市之中，也不会感到都市的俗尘令人生厌了。

最近在一位朋友家中小聚，他小小的客室壁间，挂着不同风格的书画。风雅的主人如数家珍似的为我们解说画法、笔意。他的书房里更有许多心爱的汉砚、青田石陶器等等，闲来把玩，意兴无穷。最有趣的是书桌边一树枯藤，悬着一个葫芦；书架上一座老树丫杈，嵌着一块圆卵石。他将山中的盎然古意，移置几案之间，真是位懂得如何美化生活的雅人。如此看来，我们暂时无田园可归时，无妨在方寸灵台之间，自辟一片田园，不但自己能徜徉其间，亦可以此境与朋友共享。那么，纵使"结庐在人境"，也可以"心远地自偏"了。

 第七辑　读写之乐·书卷情

读书琐忆

我自幼因先父与塾师管教至严,从启蒙开始,读书必正襟危坐,面前焚一炷香,眼观鼻,鼻观心,苦读苦背。桌面上放十粒生胡豆,读一遍,挪一粒豆子到另一边。读完十遍就捧着书到老师面前背。有的只读三五遍就朗朗地会背,有的念了十遍仍背得七颠八倒。老师生气,我越发心不在焉。肚子又饿,索性把生胡豆偷偷吃了,宁可跪在蒲团上受罚。眼看着袅袅的香烟,心中发誓,此生绝不做读书人,何况长工阿荣伯说过:"女子无才便是德。"他一个大男人,只认得几个白眼字①,他不也过着快快乐乐的生活吗?

但后来眼看五叔婆不会记账,连存折上的数目字也不认得,一点辛辛苦苦的钱都被她侄子冒领去花光,只有哭的份儿;又看母亲颤抖着手给父亲写信,总埋怨词不达意,十分辛苦;父亲的来信,潦潦草草,都请老师或我念给她听,母亲劝我一定要用

---

① 白眼字:方言,形容少而且不重要的字。

功……我才发愤读书，要做个"才女"，替母亲争一口气。

古书读来有的铿锵有味，有的拗口又严肃，字既认多了，就想看小说。小说是老师不许看的"闲书"，当然只能偷着看。偷看小说的滋味，不用说比读正经书好千万倍。我就把书橱中所有的小说，一部部偷出来，躲在远离正屋的谷仓后面去看。此处人迹罕到，又有阳光又有风。天气冷了，我发现厢房楼上走马廊的一角更隐蔽。阿荣伯为我用旧木板就墙角隔出一间小屋，屋内一桌一椅。小屋三面木板，一面临栏杆，坐在里面，可以放眼看蓝天白云，绿野平畴。晚上点上菜油灯，看《西游记》入迷时忘了睡觉。母亲怕我眼睛受损，我说栏杆外碧绿稻田，比坐在书房里面对墙壁熏炉烟好多了。我没有变成四眼田鸡，就幸得有此绿色调剂。

小书房被父亲发现，勒令阿荣伯拆除后，我却发现一个更隐蔽安全的处所。那是花厅背面廊下长年摆着的一顶轿子。三面是绿呢遮盖，前面是可卷放的绿竹帘。我捧着书静静地坐在里面看，绝不会有人发现。万一听到脚步声，就把竹帘放下，格外有一份与世隔绝的安全感。

我也常带左邻右舍的小游伴，轮流地两三人挤在轿子里，听我说书讲古。轿子原是父亲进城时坐的，后来有了小火轮，轿子就没用了，一直放在花厅走廊角落里，成了我们的世外桃源。游伴们想听我说大书，只要说一声："我们进城去。"就是钻进轿子的暗号。

在那顶轿子书房里，我还真看了不少小说呢。直到现在，我对于自己读书的地方，并不要求如何宽敞讲究，任是多么简陋狭窄的房子，一卷在手，我都能怡然自得，也许是童年时代的心理影响吧。

进了中学以后，高中的国文老师王善业先生，对我阅读的指导、心智的发现至多。他知道我已经看了好几遍《红楼梦》，就教我读王国维的《红楼梦评论》。由小说探讨人生问题、心性问题。知道我在家曾读过《左传》《孟子》《史记》等书，就介绍我看朱自清先生古书的精读与略读（《经典常谈》），指导我如何吸取消化。那时中学生的课外书刊有限，而汗牛充栋的旧文学书籍，又不知如何取舍。他劝我读书不必贪多，贪多嚼不烂，徒费光阴。读一本必要有一本的心得，读书感想可写在纸上，他都仔细批阅。他说："如果是图书馆借来的书，自己喜爱的章句当抄录下来。如果是自己的书，尽管在书上加圈点批评[①]。所以会读书的人，不但人受书的益处，书也受人的益处。这就叫作'我自注书书注我'了。"他知道女生都爱背诗词，他说诗词是文学的，哲学的，也是艺术音乐的，多读对人生当另有体认。他看我们有

---

① 批评：这里指批注。

时受哀伤的诗词感染，弄得痴痴呆呆的，就叫我们放下书本，带大家去湖滨散步，在照眼的湖光山色中讲历史掌故、名人轶事，笑语琅琅，顿使人心胸开朗。他说读书与交友像游山玩水一般，应该是最轻松愉快的。

高中三年，得王老师指导至多，也培养起我阅读的兴趣与精读的习惯。后来抗战期间，避寇山中，颇能专心读书，勤做笔记。也曾手抄喜爱的诗词数册，可惜于渡海来台时，行囊简单，匆遽中都未能带出，使我一生遗憾不尽。现在年事日长，许多读过的书，都不能记忆，顿觉腹笥枯竭，悔恨无已。

大学中文系夏瞿禅老师对学生读书的指点，与中学时王老师不谋而合。他也主张读书不必贪多，而要能选择，能吸收。以饮茶为喻，要每一口水里有茶香，而不是烂嚼茶叶。人生年寿有限，总要有几部最心爱的书，可以一生受用不尽。有如一个人总要有一二知己，可以托生死共患难。经他启发以后，常感读一本心爱之书，书中人会伸手与你相握，彼此莫逆于心，真有上接古人，远交海外的快乐。

最记得他引古人之言云："案头书要少，心头书要多。"此话对我警惕最多。年来总觉案头书愈来愈多，心头书愈来愈少。这也许是忙碌的现代人同样有的感慨。爱书人总是贪多地买书，加上每日涌来的报刊，总觉时间精力不足，许多好文章错过，心中怅惘不已。

　　回想当年初离学校，投入社会，越发感到"书到用时方恨少"。而碌碌大半生，直忙到退休，虽已还我自由闲身，但十余年来，也未曾真正"补读平生未见书"。如今已感岁月无多，面对爆发的出版物，浩瀚的书海，只有就着自己的兴趣与有限的精力时间，严加选择了。

　　我倒是想起袁子才的两句诗："双眼自将秋水洗，一生不受古人欺。"我想将第二句的"古"字改为"世"字。因他那时只有古书，今日出版物如此丰富，真得有一双秋水洗过的慧眼来选择了。

　　所谓慧眼，也非天赋，而是由于阅读经验的累积。分辨何者是不可不读之书，何者是可供浏览之书，何者是糟粕，弃之可也。如此则可以集中心力，吸取真正名著的真知灼见，拓展胸襟，培养气质，使自己成为一个快乐的读书人。

　　清代名士张心斋说："少年读书，如隙中窥月；中年读书，如庭中望月；老年读书，如台上玩月。"把三种不同境界，比喻得非常有情趣。隙中窥月，充满了好奇心，追切希望领略月下世界的整体景象；庭中望月，则胸中自有尺度，与中天明月，有一份莫逆于心的知己之感；台上玩月，则由入乎其中，而出乎其外，以客观的心怀，明澈的慧眼，透视人生景象。无论是赞叹，是欣赏，都是一分安详的享受了。

泪珠与珍珠

我读高一时的英文课本，是奥尔珂德①的《小妇人》，读到其中马奇夫人对女儿们说的两句话："眼因流多泪水而愈益清明，心因饱经忧患而愈益温厚。"全班同学都读了又读，感到有无限启示。其实，我们那时的少女情怀，并未能体会什么忧患，只是喜爱文学句子本身的美。

又有一次，读谢冰心的散文，非常欣赏"雨后的青山，好像泪洗过的良心"。觉得她的比喻实在清新鲜活。记得国文老师还特别解说："雨后的青山是有颜色，有形象性的，而良心是摸不着、看不见的，聪明的作者，却拿抽象的良心，来比拟具象的青山，真是妙极了。"经老师一点醒，我们就尽量在诗词中找具象与抽象对比的例子，觉得非常有趣，也觉得在作文的描写方面，多了一层领悟。

不知愁的少女，总是写泪与愁的诗。看到白居易新乐府中

---

① 奥尔珂德：今译作奥尔科特。

的诗句："莫染红丝线，徒夸好颜色。我有双泪珠，知君穿不得。莫近红炉火，炎气徒相逼。"大家都喜欢得颠来倒去地背。老师说："白居易固然比喻得巧妙，却不及杜甫的四句诗，既写实，却更深刻沉痛，境界尤高，那就是，'莫自使眼枯，收汝泪纵横。眼枯即见骨，天地终无情。'"

他又问我们："眼泪是滚滚而下的，怎么会横流呢？"我抢先地回答："因为老人的脸上布满皱纹，所以泪水就沿着皱纹横流起来……"大家听了都笑，老师也颔首微笑说："你懂得就好。但多少人能体会老泪横流的悲伤呢？"

人生必于忧患备尝之余，才能体会杜老"眼枯见骨"的哀痛。如今海峡两岸政策开放，在返乡探亲热潮中，能得骨肉团聚，相拥而哭，任老泪横流，一抒数十年阔别的郁结，已算万幸。恐怕更伤心的是家园荒芜，庐墓难寻，乡邻们一个个尘满面，鬓如霜。那才要叹"未老莫还乡，还乡须断肠"。这也就是探亲文学中，为何有那么多眼泪吧！

说起"眼枯"，一半也是老年人的生理现象。一向自诩"男儿有泪不轻弹"的外子，现在也得向眼科医生那儿借助"人造泪"以滋润干燥的眼球。欲思老泪横流而不可得，真是可悲。

记得儿子幼年时，我常常要为他的冥顽不灵而掉眼泪，儿子还奇怪地问："妈妈，你为什么哭呀？"他爸爸说："妈妈不是哭，是一粒沙子掉进她眼睛里，一定要用泪水把沙子冲出来。"孩子傻愣愣地摸摸我满是泪痕的脸，他哪里知道，他就是那一粒沙子呢？

想想自己幼年时的淘气捣蛋，又何尝不是母亲眼中催泪的沙子呢？

沙子进入眼睛，非要泪水才能把它冲洗出来，难怪奥尔珂德说"眼因流多泪水而愈益清明"了。

记得有两句诗说："玫瑰花瓣上颤抖的露珠，是天使的眼泪吗？"想象得真美。然而我还记得阿拉伯诗人所编的故事："天使的眼泪，落入正在张壳赏月的牡蛎体内，变成一粒珍珠。"其实是牡蛎为了努力排除体内的沙子，分泌液体，将沙子包围起来，反而形成一粒圆润的珍珠。可见生命在奋斗过程中，是多么艰苦！这一粒珍珠，又未始不是牡蛎的泪珠呢？

最近听一位画家介绍岭南画派的一张名画，是一尊流泪的观音，坐在深山岩石上。他解说因慈悲的观音，愿为世人负担所有的痛苦与罪孽，所以她一直流着眼泪。

眼泪不为一己的悲痛而为芸芸众生而流，佛的慈悲真不能不令人流下感激的泪。

基督徒在虔诚祈祷时，想到耶稣为背负人间罪恶，钉在十字架上滴血而死的情景，信徒们常常感激得涕泪交流。那时，他们满怀感恩的心，是最纯洁真挚的。这也就是奥尔珂德说的"因流多泪水而愈益清明"的境界吧！

母亲的书

母亲在忙完一天的煮饭,洗衣,喂猪、鸡、鸭之后,就会喊着我说:"小春呀,去把妈的书拿来。"

我就会问:"哪本书呀?"

"那本橡皮纸的。"

我就知道妈妈今儿晚上心里高兴,要在书房里陪伴我,就着一盏菜油灯光,给爸爸绣拖鞋面了。

橡皮纸的书上没有一个字,实在是一本"无字天书"。里面夹的是红红绿绿彩色缤纷的丝线,白纸剪的朵朵花样。还有外婆给母亲绣的一双水绿缎子鞋面,没有做成鞋子,母亲就这么一直夹在书里,夹了将近十年。外婆早过世了,水绿缎子上绣的樱桃仍旧鲜红得可以摘来吃似的。一对小小的喜鹊,一只张着嘴,一只合着嘴,母亲告诉过我,那只张着嘴的是公的,合着嘴的是母的。喜鹊也跟人一样,男女性格有别。母亲每回翻开书,总先翻到夹着最厚的这一页。对着一双喜鹊端详老半天,嘴角似笑非笑,眼神定定的,像在专心欣赏,又像在想什么心事。然后再翻到另一页，用心地选出丝线，绣起花来。好像这双鞋面上的喜鹊樱桃，是母亲永久的样本，她心里什么图案和颜色，都仿佛从这上面变化出来的。

母亲为什么叫这本书为橡皮纸书呢？是因为书页的纸张又厚又硬，像树皮的颜色，也不知是什么材料做的，非常坚韧，再怎么翻也不会撕破，又可以防潮湿。母亲就给它一个新式的名称——橡皮纸。其实是一种非常古老的纸，是太外婆亲手裁订起来给外婆，外婆再传给母亲的。

书页是双层对折，中间的夹层里，有时会夹着母亲心中的至宝，那就是父亲从北平的来信，这才是"无字天书"中真正的"书"了。母亲当着我，从不抽出来重读，直到花儿绣累了，菜油灯花也微弱了，我背《论语》《孟子》背得伏在书桌上睡着了，她就会悄悄地抽出信来，和父亲隔着千山万水，低诉知心话。

还有一本母亲喜爱的书，也是我记忆中非常深刻的，那就是触目惊心的"十殿阎王"。粗糙的黄标纸上，印着简单的图画。是阴间十座阎王殿里，面目狰狞的阎王、牛头马面，以及形形色色的鬼魂。依着他们在世为人的善恶，接受不同的奖赏与惩罚。惩罚的方式最恐怖，有上尖刀山、落油锅、被猛兽追扑等等。然后从一个圆圆的轮回中转出来，有升为大官或大富翁的，有变为乞丐的，也有降为猪狗、鸡鸭、蚊蝇的。母亲对这些图画好像百看不厌，有时指着它们对我说："阴间与阳间的隔离，就只在一口气。活着还有这口气，就要做好人，行好事。"母亲常爱说的一句话是："不要扯谎，小心拔舌耕犁啊。""拔舌耕犁"也是这本书里的一幅图画，画着一个披头散发的女鬼，舌头被拉出来，刺一个窟窿，套着犁头由牛拉着耕田，是对说谎者最重的惩罚。所以她常拿来警告人。外公说十殿阎王是人心里想出来的，所以天堂与地狱都在人心中。但因果报应是一定有的，佛经上说得明明白白的啰。

母亲生活上离不了手的另一本书是黄历。她在床头小几抽屉里，厨房碗橱抽屉里，都各放一本，随时取出来翻查，看今天是什么样的日子。日子的好坏，对母亲来说是太重要了。她万事细心，什么事都要图个吉利。买猪崽、修理牛栏猪栓、插秧、割稻都要拣好日子。腊月里做酒、蒸糕更不用说了。只有母鸡孵出一窝小鸡来，由不得她拣在哪一天，但她也要看一下黄历。如果逢上大吉大利的好日子，她就好高兴，想着这一窝鸡就会一帆风顺地长大；如果不巧是个不太好的日子，她就会叫我格外当心走路别踩到小鸡，在天井里要提防老鹰攫去。有一次，一只大老鹰飞扑下来，母亲放下锅铲，奔出来赶老鹰，还是被衔走了一只小鸡。母亲跑得太急，一不小心，脚踩着一只小鸡，把它的小翅膀踩断了，小鸡叫得好凄惨，母鸡在我们身边团团转，咯咯咯地悲鸣。母亲身子一歪，还差点摔了一跤。我扶她坐在长凳上，她手掌心里捧着受伤的小鸡，又后悔不该踩到它，又心痛被老鹰衔走的小鸡，眼泪一直地流，我也要哭了。因为小鸡身上全是血，那情形实在悲惨。外公赶忙倒点麻油，抹在它的伤口上，可怜的小鸡，叫声越来越微弱，终于停止了。母亲边抹眼泪边念《往生咒》，外公说："这样也好，六道轮回，这只小鸡已经又转过一道，孽也早一点偿清，可以早点转世为人了。"我又想起"十殿阎王"里那张图画，小小心灵里，忽然感觉到人生一切不能自主的悲哀。

黄历上一年二十四个节日，母亲背得滚瓜烂熟。每次翻开黄历，要查眼前这个节日在哪一天，她总是从头念起，一直念到当月的那个节日为止。我也跟着背："正月立春、雨水，二月惊蛰、春分，三月清明、谷雨……"但每回念到八月的白露、秋分时，不知为什么，心里总有一丝凄凄凉凉的感觉。小小年纪，就兴起"一年容易又秋风"的感慨。也许是因为八月里有个中秋节，诗里面形容中秋节月亮的句子那么多。中秋节是应当全家团圆的，而一年盼一年，父亲和大哥总是在北平迟迟不归。还有老师教过我《诗经》里的"蒹葭"篇："蒹葭苍苍，白露为霜。所谓伊人，在水一方。溯洄从之，道阻且长。溯游从之，宛在水中央。"我当时觉得"宛在水中央"不大懂，而且有点滑稽。最喜欢的是头两句。"白露为霜"使我联想起"鬓边霜",老师教过我那是比喻白发。我时常抬头看一下母亲的额角,是否已有"鬓边霜"了。

母亲当然还有其他好多书。像《花名宝卷》《本草纲目》《绘图列女传》及《心经》《弥陀经》等经书。她最最恭敬的当然是佛经。每天点了香烛,跪在蒲团上念经。一页一页地翻过去,有时一卷都念完了,也没看她翻,原来她早已会背了。我坐在经堂左角的书桌边,专心致志地听她念经,音调忽高忽低,忽慢忽快,却是每一个字念得清清楚楚,正正确确。看她闭目凝神的那份虔诚,我也静静地坐着一动不动。念完最后一卷经,她还要再念一段像结语那样的几句。最末两句是"四十八愿度众生,九品咸令登彼岸"。念完这两句,母亲宁静的脸上浮起微笑,仿佛已经度了众生,登了彼岸了。我望着烛光摇曳,炉烟缭绕,觉得母女二人在空荡荡的经堂里,总有点冷冷清清。

《本草纲目》是母亲做学问的书。那里面那么多木字旁、草字头的字,母亲实在也认不得几个。但她总把它端端正正摆在床头几上,偶然翻一阵,说来也头头是道。其实都是外公这位山乡郎中口头传授给她的,母亲只知道出典都在这本书里就是了。

母亲没有正式认过字,读过书,但在我心中,她却是博古通今的。

中年读书

最近收到一位好友女儿的信,畅谈她于百忙中挤出时间读书的快乐。她说:中年读书,感觉上和少年时代读书完全不同。现在读书不但能深入地欣赏,也懂得以自身生活糅合在一起来体验。读到会心之处,真个是乐以忘忧,好似与作者促膝谈心,握手言欢。她只恨时间太少,不能反复咀嚼。

我觉得像她这样一位有三个孩子又兼一份沉重工作的职业妇女与母亲,能每天读书又深入思考的,实在不多。她不但系统地读中外名著,还浏览国内各种报刊,遇到我们彼此都有兴趣的文章,就在通信或电话中共同讨论,乐也无穷。

她还选修了一年的西洋文选,体会每本名著的特色。对于卡夫卡的《变形记》,认为是想象之极致,也可看出二十世纪许多作品与科幻小说都深受其影响。她问我中国旧文学中富于幻想的小说有些什么,我只想到《镜花缘》《西游记》与《聊斋》[①]。我

[①]《聊斋》:《聊斋志异》。清朝小说家蒲松龄创作的文言短篇小说集。内容广泛,多谈狐仙、鬼、妖,反映了17世纪中国的社会面貌。

自己比较喜欢《聊斋》，不仅那些人鬼的恋情道尽了人世的苍凉，而作者对人情世态讽刺的冷笔尤引人深思。

这位朋友求知欲非常强，永远有"学如不及"的遗憾，套句现代语，真是时时在求"自我突破"，古语就是"苟日新，日日新，又日新"。暑假里，她去学摄影，七星期的课，每周三天，每天三小时，她自况为"拼命三郎"，可是发现自己的摄影作品总有一份"朦胧之美"，原来是三年来未验光的近视眼镜度数已不对，近视度数降低，开始老花远视了。

这就是她中年读书之乐。我真是深为她求知的精神所感动。说来惭愧，她还称我一声"老师"，因为三十多年前，她曾经一度是我的私"塾"学生。一个十五岁的小姑娘，每星期两个晚上，背着沉重的书包，带着两个弟弟，一同到我家来读古文。在我那间透风漏雨的违章建筑里，对着那三张纯真朴实又聪颖的脸，我不知道自己的讲解能对他们有多少启发。但他们对我的信赖和给我的温暖，至今时时在心。也由于他们对读古书的诚恳态度和浓厚兴趣，引发我愿于法院工作之余，再兼一份教职的念头。

时光怎么如此快就飞逝了。他们姐弟三人，自高中而大学而出国深造而成家立业。如今这个背书包的小女孩，竟也已步入中年，而且在锲而不舍地读书，在深深体会"中年读书"之乐。

而我呢？年已古稀，应该是第二个读书历程的开始了。可是看看这位年轻的学生，不免为自己的懒散感到惭愧。张心斋说："中年读书如庭中望月，老年读书如台上玩月。"我却不知道能否有这份毅力与智慧，登上高台，一赏澄明清澈的月色，予心灵以忘我的启示呢！

字典的故事

抗战期间,我在一处非常偏僻的山区避日寇。那儿有个乡村中学,我时常散步去学校的小小图书室借书看,因而与老师们都谈得很投缘。

有一位教初三英文的老师郑先生,性格爽朗,言语风趣。他是浙东人,说一口蓝青官话,官话里却喜欢夹英文单词,居然是字正腔圆的英国口音,他还笑我的美国发音不够"文化"。

在民国三十二、三十三年,说话时夹英文词的时髦作风,还是很少见的。我起先听起来很不习惯,与他熟了以后,就问他是什么大学毕业的。他得意地说:"英国牛津大学。"接着又哈哈大笑。"我的意思是,我苦学英文,完全靠一部早年父亲从英国带回的《牛津词典》自修出来的。在山区教学,只要程度够,好好地教,暂时不计较学历的,所以我就自封为牛津大学文学学士。"

他带我到他的工作室里,看他案头那部翻烂了再用牛皮纸层层修补的《牛津词典》。他风趣地对我说:"我的财产只有三样:一部字典、一个保暖四小时的旧热水瓶和一只报时毫厘不差的大公鸡。"正说着，他的大公鸡就昂首阔步而至，在他脚背上啄了一下表示亲热。他拍拍它的背说："出去玩吧，别在屋里拉屎，有客人哟！"大公鸡似是听懂了，走到我面前，歪着头用乌鸡眼盯着我看半天，煞是可爱。

郑先生一本正经地对我讲他如何苦学英文、无师自通的经过：逃难中，身边一无所有，饥寒冻馁在所不计，可是这部字典，必定像宝贝似的捧在手里，放在枕边，形影不离。逃空袭警报时，袋子里装的是字典；躲在山洞口，耳朵听敌机隆隆之声，手中翻着字典，嘴里喃喃地背生字，背解释，背例句。一部字典，从头到尾，一字不漏地挨着次序背。背着背着，就豁然贯通起来。渐渐地就能说、能造句、能作文，读英文原著更不必说。他叫我随便翻开一页，点一个艰深的字问他，他竟如流水般的背诵并解释给我听，听得我都呆了。他那一股专注、坚定、锲而不舍的精神，真令人钦佩万分。

那时后方出版物贫乏，工具书难求，而这位郑先生依赖一部字典，把英文读通了，可见做学问是聪明智慧一半，毅力一半。若只是好高骛远，贪多嚼不烂，而不能集中精力读完一部书，看去虽有丰富的常识，究竟是浮浅的。

记得当年恩师曾勉励我们说："案头书要少，心头书要多，这是古人的诲谕。"意思是说，书一本本地用心读了，消化了，吸收了，都储藏在心头，案头书自然就不必堆得太多了。

今天已进步到电脑资讯时代，一切供研究的资料，都可输入电脑，由它代劳，案头书自然也不必多了。但我担心的是，依赖了电脑，人脑是否会愈来愈懒惰？渐渐地，电脑可以帮你吟诗作赋，电脑可以陪你下棋、散步。到那时，莫说案头不必有书，连心头也不必有书了。

我不禁想念起那位背《牛津词典》的郑先生，他如仍健在的话，是否要大叹自己当年背字典的枉费工夫呢？

自己的书房

新加坡一位诗人好友久未来信，正惦念中，他的信到了，龙飞凤舞的字里，看出他的忙碌和兴高采烈。他告诉我最近搬了家，忙得人仰马翻，但高兴的是，十多年来读书写诗，今天才算真正有一间属于自己的书房。

我也好为他欣喜。一间属于自己的书房，多么让人感到舒畅、自由又温暖。

环顾我自己呢？我就坐在客厅与饭厅的餐桌一角，读书、写稿。晚上他在家时，我们各据一方，一盏高而老的台灯，还是朋友从地下室淘出来送给我的。古色古香的灯罩上，我自己涂上了猫狗的儿童画。灯光一透出来，它们就活了。对我跳，对我笑。愈看愈满意自己的杰作。

我们在灯下看书报、谈心、涂涂写写。他那不熟练的打字机声，嗒嗒的很有节奏，但不致催我入梦，因为我正陶醉在诗词或小说里。有时念两句名句与他共享，他就会用四川乡音朗吟起来，那倒真有点催眠作用了。讲小说故事或技巧，他是不大有兴趣听的，因为他略微缺少点"文学的想象力"。他的兴趣在"踏踏实实的生活"上，如何改善生活，如何增进健康是他喜欢研究的。我们虽道不同，仍可相与谋，因为我稿费的微薄收入归他经管，他的饮食归我料理。因此一同挑灯夜读，仍旧其乐融融。

我们的书，从台湾带来一部分心爱的，来此后也陆续添了不少，但我们一直没有买书橱。就由他的巧手用卡通箱自制，倚着墙壁一字儿排开，他编的书目分类可使我信手抽出书来。"书橱"背上摆了各色盆花，迎着窗外的和风丽日，欣欣向荣。屋子坐北朝南，他说"风水"是最好的。不管风水吧，至少当窗的景观是这一批小区房屋中最好的之一。远处是青山绿树，近处是各型玲珑的房屋，屋前院子里四季花木扶疏。一到晚上，那远远近近的灯光令你着迷，静悄悄的小镇，就像属于你一个人的了。

我的"书房"，就是如此令我满意，尽管它是如此简陋。

说实在的，我始终未曾有过一间真正的书房。但过去每间简陋的书房，都使我留下一段温馨的怀念。

刚到台湾时，行囊中只有《唐宋名家词选》一部小书，和一本手抄的"心爱诗词选"（此书后来被一位爱书贼窃去，至为心痛）。工作安定以后，才在重庆南路、南昌街，省吃俭用地添购了一些书。开始写作以后，文友赠书渐增，心灵的天地也拓宽了。

但那时我的书房，上即是办公大楼底层，不满四迭的一间宿舍，书桌是一张有靠手的藤椅，上加一块他自己刨制的光滑木板。木板是万能的，移来移去当餐桌、当缝纫桌，也当书桌。书柜是三层木架，饰以绿帘。在那方寸的木板上，我有过泉涌的灵感，写下不少篇章。在楼上的办公室里，我也理出一角，在夜晚可以上来静静地看书写稿。白天，即使是嘈杂的谈话声或打字机声中，我仍可抽空阅读。二十多年的公务员生涯，我就在忙碌的工作中，不忘旧业，培养兴趣。在我心中，一直有一间"自己的书房"。我总尽量保有"亭子小如斗，我心宽似天"的境界，我从来没有羡慕别人富丽堂皇的房屋。

不敢说自己是淡泊，但能如此安于现状，不能不感谢童年时代那位认不得几个大字的阿荣伯。是他给我建造了第一间书房。在那里面，我很满足地感到方寸之地，便是自己的天地。在那里面，使我早早养成易于满足的性格。

那时，乡间房屋虽大而松散，族里来往的亲戚多，好像每间屋子都有人住，总有人进进出出。我从小是个喜欢有个自己角落的人，而老师教我读书的书房又是那么冰冷严肃。于是巧手的阿荣伯，就为我在楼上罕有人到的走马廊的一角，用木板隔出一间小小的房间。有一面倚着栏杆，可以远眺青山溪流与绿野平畴。阳光空气既好，又少蚊蝇来袭，有时小鸟飞来，停在栏杆上，友善地和我对望片时又悠然飞走。阿荣伯教我以小米喂它们以后，它们都停到我手背上来了。

房间里有一张小木桌,一张小木凳,一只矮木箱,里面藏的是老师不许看的小说,与小朋友交换来的香烟画片,还有阿荣伯的木炭画(那是他用木炭在粗纸上描的关公、张飞。是他最敬佩的两位"神佛"。他说赵子龙太年轻了,画不好。关公和张飞的胡子很好画。)我坐在里面,为的是逃学,偷看小说,吃花生糖、炒米糕、橘子。那都是趁母亲不备时偷来的,装在一个盒子里慢慢地吃。阿荣伯给我的是田里拔来的嫩番薯、嫩萝卜,都是母亲不许生吃的。阿荣伯说吃点泥土才会百病消除,长大得更快。

小书房曾一度被父亲命令拆除,阿荣伯再为建造。我那时还不到十岁,因母亲的忧郁感染了我,常使我觉得做人好苦,而萌逃世之念。阿荣伯说:"把心思放在一样事情上,定一个心愿去做就快乐了。"

他的话很有道理,我就专心看小说,也背书,比在老师教我读书的真正书房里专心得多。因为这是我喜欢的地方,使我有遗世独立之感。

我长大了,要出门求学,不能永远待在那间小书房里。可是小书房一直是我留恋记挂的。多少年后回到家乡,赶紧跑到楼上走马廊的一角看看,木板屋尚未拆除,里面小桌小凳都已不知去向,木箱仍在,里面还剩了一本《西游记》。我呆呆地站在那里,小时候的情景一幕幕想起来。木板小屋是阿荣伯的手艺，是他为我建造的书房。我的童年在此度过。阿荣伯教我的话，我也仍牢记心头。我虽不能再坐在这里面读书，但这间书房将永远在我心中。

今天，我清清静静地坐在书桌边，抬眼望窗外艳阳下的好风景。童年时代的第一间书房便涌现心头。它启示我如何排除忧患，知足常乐。

云居书屋

在杭州城隍山旁边的云居山上,有着翠绿如烟的修竹。修竹丛中,露出红瓦砖墙的一幢小房子,就是我父亲退休后读书养病的小别墅,父亲名之为"云居书屋"。那不是什么富丽的建筑,只是朴素的三间小平房。可爱的是绕屋的葱茏松柏与四季不绝的姹紫嫣红。屋的四周一共有十八亩空地,父亲把一半辟为果园,种了水蜜桃与李子;另一半种山薯与玉蜀黍;外面再围上一圈青翠的水竹,让幽篁隔绝了烦嚣的尘世。

一年里,除了冬天,父亲大部分时间住在山上。夏天,更是我们全家上山避暑的季节了。累累的水蜜桃与李子,鲜甜欲醉;新出土的山薯与玉蜀黍,比市面上买的更是可口。如果不是为了学校开学,我真愿意一直伴着父亲,在琅琅的读书声中,享受无尽的慈爱和田园的情趣。

山顶有一座小小的茅亭,每天清晨,父亲与我站在亭子里行深呼吸,东方的云层由紫绛而渐转粉红,云彩下映照着烟波渺渺的钱塘江。凝眸久望,虽看不见点点帆影,可是它带给你新的理想、新的梦。父亲曾为我讲钱镠王射潮的故事,引起我浩然的意兴。左边是沉睡的西子湖,在淡淡的晨雾里愈益显得娇媚而慵懒。父亲望着日出,感慨地对我说:"在山中才充分享受着一天的乐趣,生命似乎也长得多,可是每见'白日依山尽'又使人分外感到一天太容易过去了。岁月不居,望你努力读书,培养学问,我已老耄,这满屋的藏书,就完全交给你了。"这几句话,深深地铭刻在我的心头,一晃眼竟过去二十年了。

父亲爱读书、藏书,也爱搜集版本、碑帖与名家字画。记得我们有一次回故乡,带了一部从日本买来的《藏经》回家,在埠头起岸时,雇了许多脚夫来抬箱子,脚夫问箱里是什么,父亲只简单地回答他们说:"是经。"脚夫不由得一个个伸着舌头说:"这么多金子呀!"我才大笑着告诉他们:"是佛经,不是黄金。"可是在他们眼里,衣锦荣归的父亲是应该有这许多金子的。

故乡的藏书阁里,除了《藏经》以外,还有《四部丛刊》《二十四史》《十三经注疏》《淳化阁法帖》,以及许多善本唐宋名家诗文专集、宋明学案、元明清戏曲小说等。父亲自己最喜欢的是诗文,所以许多诗集文集都是经他自己圈点过的。他最爱的是一部苏东坡写的《陶诗》与弘一法师写的《金刚经》,无论在故乡或杭州,他都是随身带着的。其他还有不少幅名人字画。如改七芗、仇十洲、唐寅的仕女,赵子昂的马,祝枝山的竹,彭玉麟的梅花，康有为、翁同龢、樊樊山、沈曾植的字，虽不见得都是真迹，可是闲来展玩，自有一份悠然的情趣。

在杭州，父亲又买了商务印书馆刊印的《藏经》、《四库全书》珍本、《彊村丛书》、《四史精华》，中华书局刊印的《四部备要》以及其他诗集文集多种，朋友又送了他一部《三希堂》。他把一部分最心爱的书移藏在云居书屋，每年夏天都要搬出来仔细地晒一次，撒上樟脑粉。然后，有条不紊地排列在书橱里。

父亲有一位对金石有研究的朋友，常来与父亲研究书画的真伪，并为父亲刻了一个"云居书屋藏"的图章。父亲命我在每册书的首页盖上这个章，我却常发现里面也有某某楼藏书的印章，便捧去问父亲那书的来源。

"谁知道呢？"父亲感慨地说，"总是谁家不肖子弟，无以为生，把先人的心爱遗物，随便拿来卖了。小春，你要牢牢记住，这都是我的心爱之物，也是我唯一遗留给你的，你要珍重看待啊！"父亲沉痛的语调，曾使我心中数日不安，我暗自发誓："无论如何流离颠沛，我决不抛弃保管这些书籍的责任。"

不久抗战军兴，举家避乱故乡，父亲于次年病逝。当病势沉重时，他对我说："局势如此，你是个女孩子，而且学业未成，兵荒马乱中，怕保不了杭州与永嘉两处的藏书。万一有大变，永嘉的藏书就捐赠籀园图书馆吧！"（籀园在永嘉城里，是瑞安孙仲容先生读书处，藏书数万卷，后改为图书馆。）我咽着眼泪领受了他的遗言，可是内心又怎么舍得这样做呢？负笈上海，第一年暑假回家晒书，与叔叔一同整编书目。那时杭州沦于敌手，云居书屋的书根本无法照顾。嗣后永嘉又不幸两次陷敌，我在上海因港口封闭无法回乡，曾屡次函告庶母，无论如何，要将父亲的藏书运至安全处所，庶母来信说："最要紧的是你父亲的灵柩要运到山中祠堂里，其次是红木家具与衣物，书籍实在无法搬运了。"我得到此信忧急万分，关山阻隔，着急又有何用。敌军撤退以后，我回到故乡，家园已满目疮痍，书斋被敌机炸毁一角，一部分藏书已化为灰烬。淳化阁帖被窃数本，只有放在外厅的《二十四史》尚得安然无恙。我和叔叔将残书一一整理，为了纪念先人，也就愈加爱惜这些残缺的书籍。我选出其中经父亲圈点过的几部诗文集，另放一个书箱，随身带到杭州。到了杭州，第一件事就是开启书橱。啊！所有的书统统颠倒、混乱不堪，也不知其中缺少了多少。次日又赶到云居书屋。谁知父亲最心爱的几部书，竟已被看管房子的工人称斤论两地卖掉。菜园中的桃李树，大部分亦被砍去，问他，说是日本人盘踞时糟蹋的。目睹此种情景，令人心痛曷已。我把第二批的残书整理在几只箱子里，运回城中寓所。寓所书斋中混乱无绪的书籍，《三希堂》缺了一半，《藏经》少去一册，木版善本完整的只有《昭明文选》《佩文韵府》《十八家诗钞》《李义山诗集》。而《东坡诗文集》《白香山诗集》《李杜诗集》《彊村丛书》等都不知去向。《四史精华》与《左传》各剩下十余本。《四库全书》珍本存余的比《四部备要》多。我一算杭州、永嘉两处的书，总共存余的不及原来的三分之一。丛书方面，因限于经济能力，只选比较重要的重新买来补齐。善本书无法购补，《藏经》与《四库全书》珍本因商务停止刊印无法再补。自己又买了几部词集，一一分类编目，收藏在父亲书房中。《藏经》放在三楼，供如来佛一尊，作为庶母念佛的经堂。

　　我那时因几处兼职，工作甚忙，竟很少有读书的时间。偶尔得闲，坐在书房中，望着父亲的照片与这些仅有的图书，想起历年来的变故沧桑，不胜感慨唏嘘。我又何曾想到将来会连这一点点书籍亦无力保存呢？

　　三十八年（1949）春，战争已逼近大江以北，庶母在慌乱中忙着将贵重的毛皮衣饰细软装成十只大皮箱，托朋友先运台湾。而对于浩劫后仅存的图书，却一点也无法顾及。我闻讯匆匆从苏州赶回，此时京沪杭一带人心鼎沸，家中没有一个强壮的男人帮我们策划进退。一筹莫展中，想起了父亲临终的遗言："如逢大变，你保不了这些书籍，就把它捐给图书馆吧！"我自恨不能于危急中安顿家庭，自己再图撤退，回首当日与图书共存亡的誓言，不禁放声痛哭。急迫的局势，不容我再作迟疑，只得与浙大校长商议，将全部图书捐赠浙大图书馆，一则是先人遗业，不忍任其散乱，借着公家的力量，或可保存一二；一则万幸将来能保存的话，不仅为先人留永久纪念，亦使大专学生们多一些参考研读的资料。如此决定以后，第二天浙大就放来专车三辆，将《藏经》等书籍运去。我对着空空的四壁，不由得潸然泪下。我又特地将父亲圈注过的几部书郑重地捧给夏老师，托他代为保管。因为那时我除了一身衣服与一只小提箱外，已什么都不能带了。到了上海，我又赶寄一封信给在永嘉的叔叔，请他将留存故乡的书籍都捐赠籀园图书馆。如此处理虽感万分不忍，可是于无可奈何中，也算履行了父亲的遗言了。

现在回忆当年对着琳琅满目的书卷，为父亲磨研朱墨、圈点诗书的乐趣，此生永不可再得，我悼念先人，也痛心于两次遭逢浩劫的图书。

读书记趣

读友人寄赠新著，竟日忘倦。年事日长，愈喜爱朴质无华、表达真性情的文章。他们有的以豪迈挥洒之笔，直抒胸臆；有的诙谐雅谑，于莞尔中道出世态人情。此中乐趣，犹如与良朋晤对，一盏清茗，两心相契。辛弃疾说："我见君来，顿觉吾庐、溪山美哉。"读好书亦复如此。

王鼎钧先生的《开放的人生》，如点滴清泉，凉沁心脾，于长夏中有消暑疗愈之功。亮轩的《石头人语》，使你感觉自己反成了点头的顽石，领悟至多。刘静娟的《心底有根弦》，于清新、优美、流畅、自然、幽默的笔触中，透露出无限温厚的情怀。孩子的天真娇憨，社会人生的百态，被她描摹得如此生动，都由于一个出发点：爱。因此每一篇都怦然拨动你的心弦，铿然有声。

想起先父早年读书，常于终篇后题诗志感。他读的是古人书，作的是金声玉振的律绝或古风。我虽学中国文学，而以限于禀赋，且生性疏懒，年来很少作诗填词。可是这几天忽然发了"诗兴"，也不禁"平平仄仄"地做起填字游戏来。对于《开放的人生》，我写了如下的四首绝句，固未足以道出该书的妙境，只当是读后感，并以博鼎钧先生一粲。

一

彩笔缤纷似吐霞，鼎公才思早名家。
人间自有长生诀，一粒金丹一盏茶。

二

隽语谐言不我欺，春风蔼蔼雨丝丝。
文章本是千秋业，纸贵洛阳未足奇。

三

论文煮酒欲忘年，一卷人生开放篇。
多少玄机凭尔会，人人心底有清泉。

四

明月清风豁达襟，拈花笑语度金针。
书生亦有匡时策，来往梯航①共此心。

亮轩的《石头人语》，妙语如珠，发人深省，我亦戏题一绝：

---

① 梯航：梯与船。

谈笑从容发聩聋，石头妙语胜生公。

晓清谱出热门曲，多少闲情烟酒中。

亮轩的太太陶晓清是热门歌曲专家。朋友介绍时，只要说是晓清的先生，便无人不知。太太"热门"，夫以妻荣，附志以博一笑。

日前又在报上看到亮轩的散文《话醉》，乘兴再写一首，虽是绝句体裁，却可谓之《醉醉歌》。

读罢亮轩话醉篇，凭窗真欲醉中眠。

若能一醉千愁解，抛却南华学醉仙。

诗成后尚未寄发，适亮轩翩然而至。取出玲珑小石一枚，中间细细的一线空心，穿透两端而石不碎，实是难得。石的半边有浅浅的绿色，他说细孔是小螃蟹寄居之处，浅绿色是海苔痕迹。如此说来，这枚小小石头，可称是"通灵宝石"了。亮轩是在一位朋友刘先生家看到，把玩之下，爱不释手。其实这枚小石，原是画家庄喆从海滩捡来一大把中的一块，画家出去时，带走了最喜欢的，剩下的由刘先生取去，随随便便地堆在一个盘子里，却被亮轩发现了这似平凡而颇具特色的一块，便向朋友要了来，濡笔于石的背面，记其来历，并云："念天地之过客，终不若此石之长久，愿有缘者俱可得而把玩之。"因而把此石转赠给我们。这一份友谊与雅兴，令人心感，因再赋一绝，以志其事。

通灵何幸遇知音，隐约苔痕剔透心。
纵是虚怀宁可转，感君翰墨志前因。

《诗》①云："我心匪石，不可转也。"顽石当有它顽强的性格，尽管谦冲，岂可随波而转，这也许正是友人赠石之深意吧！

静娟的《心底有根弦》，篇篇都有非常多的可读性，见出她对周遭事物观察细腻，体会深刻，涉略②广泛，以日常琐事人情，发为文章。因她是位年轻的女性作家，故我以一首词，将特别喜爱的篇章隐括其中，并于句末附记篇名及大意。

临江仙

好雨丝丝凝碧树（《下了一阵雨》，写雨后清新气象，别

---

① 《诗》：指《诗经》。中国第一部诗歌总集，反映了西周初年至春秋中叶的社会面貌。
② 涉略：涉猎，浏览。

具境界），离愁别绪频牵（《离愁离絮》写弟弟出外，姊弟惜别依依）。娇儿童语似喷泉（《家有童话》写幼儿妙语，令人莞尔）。春晖多温暖（《卸不下的担子》写慈母之爱），心底有鸣弦（《心底有根弦》主题篇，写一位比丘尼的风范和对她的怀思，情意真挚感人）。

解语八哥归绿野（《公寓里的八哥》写对小动物的爱），灯前文思涓涓。小兄小弟各争先（哥哥要考弟弟，弟弟要做哥哥）。公车驰骋里，慧眼看人间（《公车世界》写公车中百态，幽默风趣）。

此词只聊表我对该书的爱好，诚不足以当大雅君子之一粲也。